长安文心书系

独向陌生

邢小利 著

陕西新华出版传媒集团
陕 西 人 民 出 版 社

图书在版编目(CIP)数据

独向陌生 / 邢小利著. —西安: 陕西人民出版社,
2020.12
ISBN 978-7-224-13622-7

Ⅰ. ①独… Ⅱ. ①邢… Ⅲ. ①散文集—中国—当代
Ⅳ. ①I267

中国版本图书馆 CIP 数据核字(2020)第 089881 号

主　　编: 宋亚萍
策　　划: 张孔明
责任编辑: 姜一慧
整体设计: 杨亚强
绘画导师: 曹　刚
绘　　画: 蒋懿琰

独向陌生

DU XIANG MOSHENG

作　　者　邢小利
出版发行　陕西新华出版传媒集团　陕西人民出版社
　　　　　(西安市北大街 147 号　邮编:710003)
印　　刷　西安市建明工贸有限责任公司
开　　本　889mm×1194mm　1/32
印　　张　6.25
字　　数　150 千字
版　　次　2020 年 12 月第 1 版
印　　次　2020 年 12 月第 1 次印刷
书　　号　ISBN 978-7-224-13622-7
定　　价　42.00 元

目录

独向陌生

有时候，不知为什么，感觉这个世界很陌生。一切都那么遥远，即使近在眼前的东西都飘飘忽忽的，不可捉摸。

因此，我常常沉默着。沉默，是因为无话可说。不知该说什么。

有时候，远远地望过去，望着这世界，心中暗自诧异：总以为是走在前列的，原来早就落在了后边；总以为是处在中流的，原来早已被冲到了边缘。是不知不觉中有了改变，还是本来就如此？

茫然而无从索解。

打开了一扇又一扇的窗户，这个世界日益显得广阔。新事物层出不穷，让人眼花缭乱。猛一回首，满眼都是新奇的东西。与二十出头的年轻朋友在一起，许多的歌曲都不会唱，许多的玩法都不会玩，许多的话题都说不到一起。恍然间就觉得岁月竟流走了那么多！

世界总是年轻的，它每天都有一个新鲜的面孔。而人容易苍老！

静心一想，这个世界上许多新鲜的事物看起来奇特、不可思议，其实都有自己的逻辑。这看起来好像纷乱的碎片背后的逻辑，我们只是不知道罢了。我们只知道自己熟悉的领域。在我们熟悉的领地前面，是一片茫茫的陌生世界。

我站在熟悉和陌生之间，左右徘徊。对这陌生的世界，是进入，还是拒斥？对这日新月异的世界，是紧紧追随，还是坚守自己的田园？这是一个问题，一个让人焦虑不安的问题。

数十年来，我一直紧紧追随时代的脚步，总想把握住时代的脉搏，总想熟悉一切陌生的东西，永不落伍。但是，这个世界仍然以异样的面孔出现，使我陌生。我知道，陌生显示着社会的前进。然而，陌生使我迷惑，使我茫然，甚至恐惧。

万万年以前，一个叫夸父的英雄，一心追赶燃烧的太阳，尽管他健步如飞，仍然追不上太阳，结果他因焦渴而倒在追赶的路上，他遗弃的手杖化作一片桃林。我现在站在这片桃林的树荫之下，越过万万年的风烟，眺望夸父的身影，我问自己：夸父即使不死，他能否赶上太阳？

有风吹过。我听到一个声音说：一个人应该看到自己的局限，人有可望而不可即的东西。人不可能熟悉世上的一切。人总要面对陌生。熟悉了一个陌生，另一个陌生又会出现。陌生是一片茫茫大雾，进入陌生，还会有陌生横在前面。陌生是命定的，是不可避免的。认识到这一点，就应该认识到一个人不可能什么都得到。因此，必须舍弃许多很诱惑人的东西，放弃追逐一些美丽的幻影。人应该认识到自己的片面性。我们向往无限丰富的生活，但我们只能生活在片面之中。认识到片面，然后在片面之中求得最大的丰富性。片面的丰富，丰富的片面，这是人能够把握的。没有最好，所谓“最好的东西”并不一定适合自己，只有最适合自己的才是最好的。

有风吹过。我听到另一个声音说：人不仅仅处在空间之中，同时还处在时间之中。从存在的意义上讲，所有熟悉的东西都业已消逝。时间是单向性的，它不可重复，永不再来。所谓熟悉只是一种亲切的感觉。人其实永远站在熟悉和陌生之间，这是人确定的位置。永远坚守熟悉的领地其实是不可能的。

认识到陌生是不可避免的，这是正视现实。认识到人不可能熟悉一切陌生，这是认识到人的局限性和片面性。这样才能减少惶惑，保持内心的镇定，把握住自己应该干和能干的。同时也要认识到熟悉领地的不持久性，以减少心灵的虚幻依赖。

熟悉的东西正在悄然流逝，陌生的东西滚滚而来。守望是艰难的，这并不仅仅在于心的坚持的艰难，还在于守望要有可守望的。可以守望的熟悉的家园日渐模糊，回头一望，唯见孤帆远影碧空尽。最真切的感觉，是在路上游走，永无归期的游走。游走，或许能有遭遇，但并不一定能找到什么。

但是，走在路上，总有风的声音。风会告诉你许多来自天空和大地的消息。我喜欢听风的声音。风声是那么好，愿风不断吹来。

云雀的声音

我怎样才能走出这个狭小的空间走向远方呢?

总感觉被一个无形的锁紧紧锁着。 这是一把什么锁呢? 有一天我仔细看这把锁，原来它的一面写着“温饱”，另一面写着“名利”。 这么一看，又发现自己其实在内心深处是很厌烦这两样东西的。 可是细细一想，人似乎又须臾离不开这两样东西。

感觉眼界是越来越狭小了。 有时紧紧盯着的只是脚下那一小块站的地方。 其实自己站的那一小块地方，也并不是真的属于自己。 那只是航行的船上的一个座位。

精神一定是萎缩了。

自己的感觉自己最清楚。 没有什么向往，也没有什么幻想，连晚上做的梦也平淡无奇。 不激动，更不冲动，一切都在理智的控制之下，安然无恙。

日复一日。 岁月匆匆流逝。

偶尔，在失神的时候，想起要找一件东西，却又茫然想不清楚找什么。 感觉很遥远，飘飘忽忽的，仿佛是小时候的、年轻时的一件什么东西。

有一天黄昏，高高的楼窗外飘着淅淅沥沥的秋雨。我打开先锋音响，放了一盘《云雀》。

一阵清亮的声音远远传来，又向远方悠悠飘去……

我感觉心中沉埋已久的一种情绪被牵动起来，又被引向远方。

我的心一下子豁亮开阔起来。

我向远方眺望，远方迷蒙而空茫。我虽然看不清什么，但是心被云雀的声音领飞，就感到了一种悠远，一种阔大；就发现一些耿耿于怀的所谓重要的大事原来琐屑不值一提；就觉得仿佛挣脱了什么，浑身一阵轻松。

在日后的匆忙奔走之中，在纷乱的拥挤人群之中，我的耳畔常常响起云雀飞过云霄的声音。每当此时，我总要停下来，向远方眺望，或者仰头看天，在灰蒙蒙的天空，在飘忽不定的云雾之中搜寻云雀的身影。尽管什么也没有看到，但我还是清晰地感到有一个云雀的精灵发出清亮的声音，迅疾地飞过，穿云破雾，飞向远方。

这时候，就有一种悠远辽阔的感觉。感觉这个世界很广大，心有一种苍凉，同时又觉得日渐麻木的心又灵敏起来，日渐萎缩的精神又丰富起来。远方一定有一个声音在遥遥召唤，我就明白了必须丢弃一些什么，尔后才能走向远方。丢弃，尔后远走。

也许我终生都走不出脚底下这一小块地方，但我一定要向远方眺望。即便是匆忙的行走中，也一定要时时驻足，向远方眺望。

云雀的声音总是若有若无地响起，掠过高空，飞向远方。我知道，这是召唤。

啊，朋友

四十岁之后，已经很难再交上朋友。五十岁之后，失去一个朋友就永远地失去了，再也不会和好，更无恢复如初的可能。

友谊原来是如此的脆弱！

世上有许多原来以为很坚固的东西，到后来才发现，其实是相当的脆弱。比如爱情。再比如友谊。

认识到这一点，必得亲身经历，听人说是不会明白的。所谓明白人，都是经历了才明白。

因此，朋友之间如何处，朋友如何才能永远成为朋友，想来想去，觉得应该始终牢记如下几点：

一、不要共事。朋友就是朋友，绝对不能共事。共事，则可能有上下级之别，一有上下，上者容易发威，下者容易不服，一上一下，这本来就是一对天然的矛盾关系，有了矛盾，冲突就有了，一次可谅，二次可以理解，俗语云，有再一再二，没有再三再四，如是者三，朋友关系就土崩瓦解了。而且，居上者怨，居下者恨。上怨为下的既是朋友却不懂得帮衬，下恨为上的既为朋友却没有把自己当成朋友看，总之，都不够朋友。共事，即使是同一级别，也要合作，合作者，配合着做事也，然人与人个性不同，比如或勤或懒，认识不一，比如你觉得这样好他认为那样好，水平有别，能力有异，最容易造成一个干得多一个干得少，干多者认为多干了，干少的并不以为少干了，如是者一而再，再而三，矛盾就会产生，如果彼此都不能以大度之心理解这个问题，认为多干少干其实在所难免，反而暗生怨恨，久之则朋友极易反目。

二、不宜同赌。赌有输赢，有了输赢就有了矛盾怨恨，于友谊不利。吃喝嫖赌，朋友之间前三者皆可，后者不宜。

三、不可让女人搅和进来。所谓朋友之妻不可欺，朋友之女朋友也不可欺，对朋友之妻或女朋友，无论其人是神是鬼，热情不对，冷淡也不宜，最好是敬而远之。如果不识相，对朋友之女人分寸拿捏不好，得罪了人都不知道是怎么得罪的。

四、不可占朋友便宜。朋友的便宜你都占，你还够朋友吗？你的朋友会如是问。

五、不要批评朋友。更不能要求朋友如何如何。过去我总以为，只有昏君才听不进去批评亦即谏言，后来知道了暴君和独裁者也听不进去批评，最后才醒悟，只要是人或人群，不管是法西斯党还是著名作家或者批评人的批评家，其实都不爱听批评。古语云，忠言逆耳，忠言况且逆耳，更不要说人在未分辨清楚是忠言还是不忠之言之前，批评之语总是不好听的。人非圣贤，孰能听之？

六、……

如此想下去，还可以再写上七八条乃至上十条。然而转念一想，这也不要，那也不可，这还是朋友吗？

事情经不住反问。这么一问，我还得再想想到底什么才是朋友？

以我之见，所谓朋友者，如此才可算是朋友：

一、可以同甘共苦，特别是可以共患难。唐太宗李世民有诗云："疾风知劲草，板荡识诚臣。"患难之交，自然可以认作朋友。

二、有事可以托付。

三、困难时首先想起可以求助的人。再说俗点，可以借钱。

四、没有事时、玩乐时就想叫到一起的人。有人说，是半夜可以叫起来一起喝酒或品茶的人。

五、……

还可以总结出六七条乃至上十条。其中，朋友的应有之义与朋友相处之道有的相矛盾。比如，朋友应该是"可以同甘共苦，特别是可以共患难"这一条就和朋友之间"不可共事"矛盾。都可以共患难了，还不可以共事？说不过去。

这就是二律背反。二者皆有理，二者又有矛盾冲突。

看看古人吧。

孔夫子在《论语·季氏》中是这样论述朋友的："益者三友，损者三友。友直，友谅，友多闻，益矣。友便辟，友善柔，友便佞，损矣。"杨伯峻先生是这样译的：有益的朋友三种，有害的朋友三种。同正直的人交友，同信实的人交友，同见闻广博的人交友，便有益了。同谄媚奉承的人交友，同当面恭维背面毁谤的人交友，同夸夸其谈的人交友，便有害了。

孔子对朋友做了区分，劝人交友要慎重并有选择。以我的经验，下列几种人不可交友，交了也是白交或者会断交：

一、刻薄之人。刻薄之人常常缺乏理解之心和包容胸怀，总是以自己的标准苛求于人。而他自己的标准亦未必有多少道理，更不要说取得别人的赞同了。刻薄之人薄情寡恩，极难相处。

二、锱铢必较之人。此类人与人相处，总是在算账，我予你多少，你欠我多少，世上的一切比如风马牛都能换算成等价之物，时不时地与你秋后算账。你惊为匪夷所思之事让他算得煞有介事，常常令你目瞪口呆。

三、思维极端情绪偏激之人。此类人也许可敬而不可交。

友情为同性之情，爱情为异性之情，友情与爱情一样，养人亦能伤人。尽管理性上可以说，朋友可以选择，其实朋友大多是生活中偶然交上的。当然，这个偶然中，也经过了一定的选择。百年修得同船渡，千年修得共枕眠，前者说的是友情，后者说的是爱情。爱情要珍惜，友情也要珍惜。既是朋友，必然有一段较长时间的交往和相处，而且已然认作朋友，就应该珍惜友情。友情与爱情一样，原是这个世上的稀罕物，失去了不会再来。所以，友情特别应该珍惜。

如何珍惜？我的体会是，对朋友，一要真诚，二要包容。真诚说的是对待朋友的态度，包容说的是一定要尊重朋友的个性乃至自以为是的缺点。换句话说，对朋友，一要厚道，二要中庸。思想可以先锋，观点容许偏激，对人对友却宜中庸。中庸之道，为儒家处世待人之道，更为交友之道也。

如此说来，又与我的与刻薄之人、锱铢必较之人、思维极端情绪偏激之人不可交之论矛盾冲突了，唉，此又为一个二律背反也。不可交之人，已经交了，就要包容。

当然，你包容，他不包容，你想持中庸之道，他偏走极端，总有分崩离析的一天。那就分崩离析好了，世上之事，多有无可奈何者，无奈之事，听之任之好了。

既已绝了交情，则宜快刀斩乱麻，挥之去了，不以为怀。空山不见人，但闻鸟语声。入林听鸟语，可比人声秀。云无心以出岫，鸟倦飞而知还。门虽设而常关，请息交以绝游。交情已断，斯人不必再提，不要耿耿于怀，不可背后说人坏话。战国时名将乐毅在《报燕王书》中说“古之君子，交绝不出恶声”，意思是说，古代的君子，即使交情断了，也不说人家的坏话。“交绝不出恶声”乃最后的交友之道也。

当然，凡小人，交未绝已出恶声，何况交绝乎？

今欲做陶渊明而不得

人都有思退路的时候。思退路的时候，往往是日暮途穷之时。日已暮兮，前途无望，不想退路，难道一条道走到黑?

思退路的时候，也是最无奈的时候。世上哪有那么多的退路等着你退。李斯原是楚国上蔡人，在郡里当一个小吏，常看见办公室和厕所的老鼠，在吃秽物，每逢有人或狗走近，就惊慌恐惧。后来走进仓库，发现仓库里的老鼠，吃的是囤积的粟米，住在大屋檐下的屋子里，却用不着忧虑人或狗的接近。李斯叹息说:“一个人的贤能或者不肖，好像老鼠一样，就看自己是处在什么样的环境了。”开悟以后，跟荀卿学帝王之术，入秦，佐秦王政统一天下，被任为丞相。秦始皇死后，在赵高撺掇胁迫下，他与赵高合谋，伪造遗诏，迫令始皇长子扶苏自杀，立少子胡亥为二世皇帝。后为赵高所忌，被腰斩于咸阳，并夷三族。临刑前，他对他的一个儿子说:“吾欲与若复牵黄犬俱出上蔡东门逐狡兔，岂可得乎!”他忆起当年与儿子一起牵黄犬出东门逐狡兔的美好时光，然已不可得矣。

寻思退路，往往是退无可退啊。

我在四十九岁的时候，也在寻思自己的退路。退路没有着落，我想到了一个人。很自然地，就想到了他，陶渊明。也许，陶渊明之后的许多中国文人，在寻求退路的时候，都会想起他。他是一个榜样，也是一个路标。

归去来兮，田园将芜胡不归。

可是，思来想去，时代不同了，今天的我，想做陶渊明也做不成啊。

没有田产，想“躬耕南亩”也不成啊。陶渊明从二十九岁到四十一岁这十三年间，曾五次入仕，五次归隐，简直是想入仕就入仕，想归隐就归隐。四十一岁时，他辞去只做了不满三个月的彭泽县令，就又回乡归隐了。而且说走就走，把官服和官印，挂在屋中大梁上，连夜一走了之，也没有什么人找他的麻烦。他凭什么这么牛啊？因为他心中有底，祖宗虽然没有留下多少财产，但家里还是有几亩薄田的，“方宅十余亩，草屋八九间”（《归园田居》），一家老小不至于饿死。在风调雨顺、收成较好的年头，陶渊明的日子还是差强人意的：“息交游闲业，卧起弄书琴。园蔬有余滋，旧谷犹储今。营己良有极，过足非所钦。舂秫作美酒，酒熟吾自斟。”（《和郭主簿》）我的家乡离城只有十余公里路，虽然也是乡下，可自从我十四岁进了城，那里就没有了我的地。十四岁以前，我在乡下，那时是人民公社，没有属于我的地；如今人民公社不存在了，土地承包到户了，但因为我的户口在城里，自然也没有给我分地。地都是国家的。能学陶渊明躬耕南亩再采菊东篱吗？

再说采菊东篱吧。陶渊明因为有“草屋八九间”，而且“榆柳荫后檐，桃李罗堂前”（《归园田居》），“三径就荒，松菊犹存”(《归去来兮辞》),有庭院,有花木,有了这些条件,他才能“采菊东篱下,悠然见南山”(《饮酒》)。房子是小了点,“倚南窗以寄傲,审容膝之易安”(《归去来兮辞》),但总是有居处的。这一点连后来的苏轼都很羡慕,“故常欲作小轩,以容安名之”(《东坡志林》)。虽仅“容膝”,但“易安”,人要的就是安宁。可是我如今能在哪里盖这“审容膝之易安”的“草屋八九间”呢?城里能吗?乡下能吗?就是山里,也能吗?不能啊。

据说,陶渊明还有一个养家糊口之道,那就是教授门生、开展“讲习”活动。他在《感士不遇赋》序中说“三余之日,讲习之暇”,表明他还接受门生,靠传习知识收点束脩,补贴家用,换点饮酒之资。我虽然还有点知识,但我现在能随意招收学生吗?就是招了,没有学历可颁,有人来学吗?此路不通也。今日社会,你就是渊明再世,孔丘再世也不行,如果你没有办学资格证、教师资格证之类,你休想办学教学,更没有人会送学费给你。

是的,那个时代,还有一些官僚追慕名士或隐士,给他们一些捐赠和资助。有个叫颜延之的,会当官,也能写诗,路过陶渊明家乡时,就送了二万钱给他。《宋书》说陶渊明:“尝九月九日无酒,出宅边菊丛中坐久,值弘送酒至,即便就酌,醉后而归。”重阳节登高赋诗怀念亲朋,陶渊明却断了酒,要不是江州刺史王弘送酒,不知道他在菊丛中还要黯然坐多久。像这样的处境困窘,心情沮丧,他还能“悠然”采菊东篱下吗?王弘走后,后任的江州刺史檀道济也登门拜访陶渊明。此人虽然为官劣,政声坏,但他对陶渊明这样的文士还是尊重的。如今那些官僚，有几个对文士是真正尊重的？ 那时的文士也很有风骨，你送，我还未必要呢。 檀道济送来米和肉，并劝他再入仕途，虽然此时的陶渊明已经几天揭不开锅，饿得起床也很困难，但陶渊明对其言及其物，一概拒绝接受。 你有权钱物，我有诗文风骨，可以互不相干，相安无事。 檀道济乃一武将，南征北战，虎狼人也，也未闻檀道济后来再对陶渊明进行迫害。 放在后世，你驳了我的面子，我不想方设法找碴子整死你才怪。 关于捐赠和资助，五柳先生何许人也，我这样的无名之辈何许人也，可以比吗？ 能学习吗？ 予不才，自知之明还是有的。

也许可以出卖诗文为生。 我知道古代的文人，可以给有钱人家写墓志铭，换取酬劳。 写诗作文，古时没有报刊，也没有发表的阵地，想来也就没有什么稿费。 陶渊明自己也说，“常著文章自娱，颇示己志。 忘怀得失，以此自终”（《五柳先生传》）。 今日社会是有报刊了，写书也能出版了，也有稿费了，可是“地球人”都知道，在当代中国，除了极个别人能以稿费谋生，甚至成为巨富，但绝大多数人，仅凭稿费，不要说养家，连活自己的口都不行。 说来惭愧，我迄今所得的稿费，光我买书都不够。 再说了，如今的报刊，以“时尚”为尚，或以“市场需要”为尚，你写像陶渊明那样的抒发真性情、表达真实生活感受的诗文，人家肯发吗？ 敢发吗？

或许还可以去乞讨。 陶渊明先生有诗曰《乞食》，魏正申先生认为是陶渊明十九岁时所作，孙钧锡先生认为是二十八岁时所作，王瑶、唐满先、逯钦立三位先生认为是六十二岁时所作，学者认识不一。 早年也罢，晚年也罢，有一点是肯定的，陶渊明要过饭，而且要得有理气长，没有愧色。 我们且看他老人家自己是怎么说的："饥来驱我去，不知竟何之。行行至斯里，叩门拙言辞。主人解余意，遗赠岂虚来？谈谐终日夕，觞至辄倾杯。情欣新知欢，言咏遂赋诗。感子漂母惠，愧我非韩才。衔戢知何谢，冥报以相贻。"吃了喝了，还要与主人倾心交谈到天黑。这哪里是乞食的样子和心态，分明是走亲戚嘛。今天你一个作家试试？你就是有了陶渊明敢于乞食的心态，社会也会把你骂死，坚决不让你乞讨。君不见当年的先锋作家洪峰前一阵子当街挂牌要饭，几乎是举国哗然，"没多久他就被家人强行劝回"且不说，首先是我们这个可爱的社会包括舆论就不能容忍，认为这不是他个人的事，而是我们整个社会脸面的事。你要乞讨，家人不容，单位不容，社会不容，媒体不容，把你拍照登报，看你还有什么脸面再去要饭。唉，能想出当街要饭这个法子，已经是法儿他妈把法儿丢了——没有法儿了，是没有法子的法子啦。还不让你乞讨，你能乞讨吗？

鲁迅在论隐士时说："凡是有名的隐士，他总是已经有了'悠哉游哉，聊以卒岁'的幸福的。倘不然，朝砍柴，昼耕田，晚浇菜，夜织屦，又那有吸烟品茗，吟诗作文的闲暇？陶渊明先生是我们中国赫赫有名的大隐，一名'田园诗人'，自然，他并不办期刊，也赶不上吃'庚款'，然而他有奴子。汉晋时候的奴子，是不但会侍候主人，并且给主人种地，营商的，正是生财器具。所以虽是渊明先生，也还略略有些生财之道在，要不然，他老人家不但没有酒喝，而且没有饭吃，早已在东篱旁边饿死了。"（《且介亭杂文二集·隐士》）所以说，陶渊明之所以敢"不为五斗米折腰"，是因为他有"归园田居"的退路。如果没有这个退路，他能"归去来兮"吗？他敢"不为五斗米折腰”吗？

思前想后，吾欲做陶渊明而不得也。

做陶而不得，就只有读陶的份。长歌可以当哭，远望可以当归。读而思之，慕之，如此罢了。

“人生实难，死如之何？呜呼哀哉！”这是陶渊明最后的遗言。

我的笑容有问题吗?

有一天，闲聊中，一个年轻的朋友不经意间对我说，你对人总是笑，虽然说不上是满脸堆笑，却总是笑着；但你的笑给我的感觉，是一种敷衍的甚至是妥协的笑。是吗？我问朋友，也问自己。不说，也没有这种自觉，一说，反省一下，觉得还真有这么回事。真有。见了人，不管喜欢不喜欢，不管讨厌不讨厌，往往不由自主，就以笑脸相迎，内里有敷衍，在某种场合，多少也有些妥协。

是奴颜吗？想想自己内心还是很清高的，不会吧？

有媚骨吗？想想自己多少还是有些傲骨的，不可能吧？

可是，别人怎么会有那种感觉，而自己回味一下也觉得真有这么回事呢？

迟钝了，迟钝了！年过四十已是中年的我，已经迟钝到对自己的巨大变化毫无察觉的地步。不是年轻人的敏锐观察，不是年轻人的率直道出，自己对此是毫无自觉的。

总以为，中年的自己，似乎已达生命的圆融之境。达观，宽容。不以物喜，不以己悲。大肚能容容天下难容之事，开口常笑笑天下可笑之人。以微笑看生活，以宽容心待人。这是生命的一种境界，一种高远超迈的境界。试问，世上能达此者，究有几人？因此，常常，为自己的笑，多少还有些自鸣得意。得意而后更爱笑。笑脸相迎，笑脸相待，笑脸相送。

笑的时候自己看不见自己。

笑成了什么样子？年轻的朋友说：敷衍和妥协。

也许，也许还有些许的讨好。朋友没有说这个，但我自己应该有这个自觉。

笑的时候没有照过镜子，朋友的话就是镜子。是一面放大镜，也是一面显微镜。

敷衍和妥协，乍听这话，一时多少还有些难以接受。我怎么会是这样呢？怎么能这样呢？可是，细想想，不是这样又是什么样？

是什么时候变成这个样子的？无法追溯了。三十六岁以后吧。总之，就是人到中年以后吧。愈往后愈甚。

年轻的时候可绝对不是这样的。不喜欢的人瞧都不瞧，对讨厌的人总是横眉冷对，对看不上的人总是侧目而视。绝对不是对谁都笑。也很少笑。看年轻时的照片，总是一副忧愁的样子或严肃的样子。看这多年来的照片，怎么多是一副笑模样？无笑之笑，为笑而笑，作秀之笑，似笑非笑。笑得难看，笑得难受，笑得千篇一律，笑得没有风格。记得，年轻时，二十多岁吧，在一所中学当教师，年末学校全体人员会餐，地点在教务处办公室，请我，不去。教务处长硬拉着我的双手拖去了。我坐在餐桌旁，却坚决不动筷子，居然干坐在那里，冷眼看他们吃喝完毕。也没有对任何人笑一下，一脸冰霜，正襟危坐，凛然不可侵犯。所有人员都对我诧异莫名，此后再没有人请我参加此类聚会。我也从不上学校的厕所，不洗学校的免费澡。从不。现在想来，也觉得自己当时是有些异样。可当时为什么要这样呢？分析自己的心理，是这样的，与全校喜欢不喜欢、看得上看不上的人聚在一起吃喝，是觉得庸俗；在学校与学生同入一厕，与同事共洗一室，是觉得羞耻。年轻时是只顾自己的感受，不管别人的看法；中年以后更多的是考虑别人的感受，较少想到自己的心情。换句话说，年轻时是不忍，中年后是能忍；年轻时有自己，中年后没有自己。

没有自己？自己是谁？是父亲，是儿子，是上级，是下级，是有身份的人，是没有身份的小人物，总之，什么都可以是，就是不是自己。是父亲得笑，是儿子也得笑；是上级要矜持地笑，是下级要谨慎地笑；有身份时需微微笑，没有身份时得没笑找笑。求人时要笑，笑是讨好；人求己时也得笑，笑是礼貌。不笑行吗？年轻时可以板着脸，我行我素；中年了就不能不笑，我笑故我在。

朋友的提醒固然令人警醒。可是，不笑行吗？不敷衍、不妥协甚至不讨好地笑行吗？

但我非得笑吗？非得笑那种敷衍、妥协以至讨好的笑吗？

我为什么不能从容

其实，我是最欣赏“从容”这种风度的。在豪放、飘逸、稳健、深沉、含蓄诸风度之中，我独喜从容。“不管风吹浪打，胜似闲庭信步”，多么从容！因为从容而又显得多么潇洒！

可是我常常不能从容。匆忙中常显狼狈，闲静时常显呆笨。我为什么不能从容？我在问我的同时开始对“从容”本身进行认真的思考。我发现，要“从容”先要“心中有底”，“从容”是“心中有底”的表现。心中有底，一切都在料想之中，自然会从容不迫、文质彬彬。你腰缠万贯，出入任何地方，都会面带微笑，雍容大度，多么豪华多么金贵的地面你都会闲庭信步般地踏上去，犹如进入自家的后花园，不慌不忙，优哉游哉，频频点首，风度从容。假如你口袋只装了一百元钱，你带一个女朋友去歌舞厅，门票去掉八十元，只剩下二十元，你再喝饮料，你还敢从容不迫地喝吗？你必然嘴上喝一口心里就盘点一下口袋。你还敢放开喉咙唱吗？你肯定一边唱一边头上冒汗，本来好好的嗓子也突然间嘶哑起来，调子也不准了。此时此地，你从容得起来吗？显然不能。假如你学富五车，有丰富的知识储备，又有自己的思想，任何场面上你都能左右逢源，侃侃而谈，从容如鱼入大海；假如你学浅识短，只有半瓶子却硬要使劲往外倒，你势必捉襟见肘，思维短路，声已嘶兮力将竭，前言不搭后语，自陷于窘困之境，如涸辙之鲋，你怎么从容得起来呢？

要从容还要将世间的很多事情看淡，看淡了就心平气和了，心平气和了就可以从容了。整天为芝麻大的事和西瓜小的事计较不休，耿耿于怀，动辄愤愤不平，上气不接下气，自然从容不起来。很多事情看淡了，比如这个会没请你，那个位子没让你坐，你全都不在意，真的视若不见，脸不改色心不跳，你的步伐自然就会轻松起来，脸上一副怡然自得的神情，看看云，看看街上拥挤不堪的车辆和一个两个一闪而过的美女，不时发出会心的微笑，这就显出了从容。看淡，说到底仍然是一种心中有底的表现。看淡实际上是看透，看透了也就看淡了，看透了心中就有了底了，就不会为五色所迷，头就不晕眼就不花。知道其底蕴，知道哪个葫芦里卖的是什么药，就不会受其诱惑、对之好奇，就会视若稀松平常，也就是看淡。

想清了这些道理，再来反思自己为什么不能从容，这才发现自己原来是心中无底，是自己不能将很多事情看淡，只想着从容却缺乏从容的必要条件。但是想清了也有想清的好处，就是知道自己该怎么做。当然有些事情是你想做而做不来的，比如腰缠万贯；但是有些事情是通过努力和修炼可以做到的，比如看淡。

削　发

实在烦不胜烦，忍无可忍。

终于下了决心。发，削了。

终于解脱了，轻松了，非常舒服。无发一身轻。别小看顶上那一小撮头发，它日夜压在那里，敢与泰山比重。

我把头发剪了。在前天夜里。一气之下，一气呵成。不听任何人的劝阻，不听任何理由的挽留。几十年的一边倒剪成了圆寸。圆寸，理发师说的，像是一个专业用语，不似光头，光头无发，胜似光头，圆圆的头上还有寸长的发，其实，哪里有寸长，只有一厘米短也。

剪发也就是削发，剪也，削也，字面意思相近。当然，削发特指剃度，指出家当和尚。我之削发，虽然不是当和尚，但身心的感受，似有出家做和尚那种了断了的快活和轻松。

春江水暖鸭先知。子非鱼，安知鱼之乐。此中之暖与乐，只有鸭和鱼知道得最深刻。

剪不断，理还乱，是发苦，是离愁。说实在的，真要把头发剪了，削了，还真不是一件容易的事。你得考虑形象。削发，会不会显得难看，甚至太难看？ 你还得工作，还得人模人样地做一些体面的事情，比如上台讲话之类。 你得考虑年龄。削发，会不会显得老，甚至太老？ 别人会怎么看你？ 你要不要考虑再向上走，或者，上是上不去了，再向前走？ 说起来羞煞人也，尽是一些小肚鸡肠的考虑，全是一些拿不上台面的顾虑。可是，你不能不考虑，不能不顾虑，人活着，怎一个难字了得。对我的削发，夫人起先赞成，事到临头，她却一再劝我，算了吧，还问我，你真要剃？ 可见，说着容易做起来难。 别看只是一小撮头发，但它关乎一个人的形象，中国人特别重视脸面，况且头发还在脸面之上。 清人入关，下令汉人剃发梳辫，有多少人不从，结果被砍了头。 清王朝灭亡，又要人剪去头上的辫子，又有多少人不从，结果也被杀了头。 可见这个头发虽细，却与性命交关。

然而，我得考虑我的感受。 都五十岁了，年已半百，知天命了，我得首先考虑我的感受。 不然，什么叫知天命呢？ 你知天命了吗？ 你还读书知理呢。 虽说身体发肤，受之父母，不敢毁伤，但是，自己的难受自己知道。 我不能死要面子活受罪。譬如我的这个头发，它周围茂密，顶部稀疏，近十年来，即不惑以后吧，虽不能说是江河日下，但似乎也是每况愈下，时常要把左边的头发分出一部分到右边来，以起到遮风挡阳其实是掩羞的目的，但其结果，往往是欲盖弥彰。 风来了，雨来了，走路快了，身体歪了，头发是软的，它不听你的，掉下来，飘过去，露其本来，亮出真相，那种感觉可与把裤门没有扣好一比，实在令人狼狈，使人尴尬，让人困窘，叫人难堪。 为此，你几乎时时处处要操这个闲心，一小撮头发的破事居然成了一件大事。 风吹不得，所以你不能迎风站立；人动不得，所以你不能与人拉拉扯扯、抱头痛哭或抚头大笑。你每天还得专门抽出时间来侍弄这个令你心烦让你痛恨但又弃之不得的玩意。洗，染，梳，喷（定型水），照，再梳，再喷，再照，直到看不出破绽为止。如果一不小心，或遇到天灾人祸，比如大风起兮，小儿动兮，顶上乱了，还得再来一遍这个程序。烦吧？你不烦都不行。一年三百六十日，风刀霜剑严相逼，天天如此，谁能受得了？一天数次地侍弄，它居然成了你保持形象的第一要务，须得时时操心，谁能忍得下去？可是，我居然忍受了近乎十年。这十年是怎么过的？

如今，削了。看它还再折磨你？不能了。一削了千愁。哈哈！

也就是一念之间的事，也就是一个决心的事，也就是豁出去的事。碎碎个事，五十岁了还看不开？

顶上有了革命性的变化。几十年的一边倒成了圆寸，里程碑竖了起来。理发师说，还显年轻了。同事说，精干了。朋友打量了半天，迷惑地说，头发削了，反而显得头发没有那么少了，怪呀！一位女同志说，背影没认出你来，转过来半天才认出，像个愣头小伙子，不，愣头老汉。儿子还小，没有见过猫头鹰，但他说，爸爸的头像个猫头鹰。问他好看还是难看，儿子斩钉截铁地说，不好看。我明白，人们对新事物都有一个适应的过程。

其实，何必在乎他人的议价呢？我的难受我知道，我的痛快我也知道。人之议论，只是看表面现象，怎么能深入事物的本质？削自己的发，让他们说去吧。

夫人一见就笑，说，没有想象的难看，但头发太白，染了吧。我说，为什么要染？图的就是去掉烦脑（是烦脑，不是烦恼），再染，不是自找麻烦吗？过了一天，夫人观念转变了，说，这样也好，环保。

天没有塌。头顶照样放光彩。

发都削了，我还怕什么？

补记：十天后，早上开会见老友朱鸿。他说：看到你把头发剪成这样，知道你的人生观变了。时近黄昏，又发来短信：今年一抬头，发现你已经撤退了。回：不枉为多年的朋友。知我者，朱子也。

在黑暗中点一盏灯

人在黑暗中行走，必须点燃一盏灯，以照亮前行的路。

人在这世界上行走，必须信点儿什么。 什么都不信，犹如走在漆黑的夜里，什么也看不见，没有来路，也没有去路。

信仰是灯，是照亮人心的灯。 人只有信点儿什么，才知道该干什么，不干什么，也才有奔走的目标。

人必须信点儿什么。 必须。

信人。 或者信神。 神其实是人的光辉，是至真、至善与至美。 神是最完美的人。

我相信神，是因为我相信有至真至纯的人，有至善至仁的人，有至美至情的人。 至真至纯的人，至善至仁的人，至美至情的人，必定具有神性。 神者，伸也。 人的好品性伸展而达极致，必然接近神，必然与神相通。

人是通过信人而信神的，信人是一切信仰的基础。 没有信仰，对世上的一切都不信的人，其实是不相信人，不相信世上有至真至纯，不相信有至善至仁，不相信有至美至情，不相信人有好心，不相信有好心的人。 丧失信仰的人，究其根源，差不多都受到过人的伤害，伤害使其失望。 对人失望至极，最终导致不信一切。

没信仰的人眼前是一片黑暗，他看不到光，他终其一生都孤独地行走在黑暗之中。 这样的人对一切都是无所谓的。 他没有什么信条，他的行为没有规则，他什么都敢做。 仿佛出没于夜色中的狼一样，没有信仰的人，他或者孤独地奔走于荒野之中，或者成为人类的敌人。

因此，信仰对人来说至关重要。

哪怕只信一个人，或者，这世上只有一个人可信，都会成为信念中的一个极为重要的支撑。 犹如一点星星之火，虽然黯弱，但在黑夜之中，就显得特别明亮。 就会使心不至于因寒冷彻骨而冻僵。

我的朋友，我常常思考这个问题。 每想到此，我就告诫自己，对你，我的朋友，我一定要品行端正，我决不能伤害你。无论我走多远，无论我处在什么境地。

而你，我的朋友，你是恒久照耀我的一盏明亮的灯啊！ 无论我走多远，无论我怎样孤身一人，每当我回头时，遥远的天际总是一盏亮亮的灯。 我知道，那就是你。

无论夜色多么浓重，我只要抬头，我只要注目眺望，我就会看到一盏明亮的灯。 犹如夜行中看到天上的北斗，看着它远远地闪烁，我的心就会沉静下来，感到踏实。 我就知道，我该向哪里走，我还应该干些什么。

至爱何在

你能跟你的至爱在一起吗？ 我常常这样问自己。

更多的时候，是我忘记了爱这个问题，匆匆地茫然地奔走在这个世界上。

只是有时候听到了一种好听的声音，比如春天的鸟叫，比如一首动人的歌曲，或者，在我静下来的时候，在夜深人静的时候，这个问题就悄悄地又突然地爬出来，使我大吃一惊。 尤其是听那种悠长而又有些忧伤的歌曲，这个问题就久久地萦绕心头，使我长久地思索。 而后来，我渐渐睡着了。 音乐还在响着，久久地回荡在夜空。

你能跟你的至爱在一起吗？

我问自己。 但我从来无法回答这个问题。

那么，你有至爱吗？ 如有，她是谁呢？

我依然无法回答这个问题。

在这个世界上我有许多的困惑，有许多问题困扰着我，我都无法回答。 但我怎么能没有至爱呢？ 怎么能没有呢？ 然而真要说出至爱是谁，却又觉得模糊。 她宛若一个影子，常在眼前晃动，却又不清晰，抓不着。

但我知道，她就在远处某个地方。我们曾经相识，或许，也曾经相爱。后来，我们走散了。她就在远处某个地方，这是肯定无疑的。

至爱不在我的身边。这使我感到周围很空旷。这就使许多的日子显得很无聊。无聊而又匆匆。岁月逝去，不留痕迹，心中更是一片空茫。

我忍受着世俗的痛苦，由于忍受得长久而使心灵日渐麻木。我也享受世俗的欢乐，但久而久之，我已不能体会欢乐的滋味，我只感到平平淡淡。我找不到欢乐，也感受不到痛苦。

只有无缘无故的烦恼和郁闷。

心如止水。

浑浑噩噩。

我知道，需要一个唤醒。唤醒，让生命重新勃发。

心中盼望的，就是与我的至爱朝夕相处，过一种平静而温暖的生活，或者，携手流浪于天涯。

但是，至爱在远处某个地方，一个我无法寻找的地方。这使我思念。思念得很深，也很苦。因为思念，至爱变得更加完美。由于她的完美，使我无法容忍周围的卑俗与丑陋。这使我更加思念我那完美的至爱。

我曾出门寻找我的至爱。在许多美丽的女子身上，我都依稀看到一点我的至爱的影子，比如一个微笑，比如一个深情的回眸，但我知道，这些都不是我的至爱。我的至爱非常完美。她至真至纯，真纯如深山中的一泓清水；她至善至柔，仁善如小鹿，温柔如丝绸；她至美至情，美若天仙，情深如醉。至爱是人间稀有的奇遇，是神赐。走遍天下，可遇而不可求。我的至爱仍在远处某一个地方。

不能找到我的至爱，这是宿命？

如果我不能找到我的至爱，我的至爱是一个虚无，那这个世界对我来说就太过黑暗。在我的生命中，至爱是我回忆的源头，也是我向远方眺望的一个灯火。她怎么能是一个虚无呢？如果我的至爱存在着，为什么我总是找不见？是宿命，还是我没有等到那神赐的时刻？我也常常这样问自己，在我静下来的时候。

你能跟你的至爱在一起吗？我常常这样问自己。

很多的时候，是我忘记了爱这个问题，匆匆地茫然地奔走在这个世界上。

但是，当我听到春天鸟叫的声音，当我偶然看到一朵美丽无比的花盛开的时候，或者，在我静下来的时候，有一个问题就悄悄地又是突然地冒出来，使我吃惊。夜深人静的时候，我喜欢听那种悠长而又有些忧伤的音乐，我感觉我的思绪很悠长，心也有些忧伤。有时，音乐早已停了，而我还醒着，漆黑的夜里，我看见我的两只眼睛明亮地睁着。

中年的心境

常常，会在半夜惊醒，半夜无眠。 为什么？ 因为心中有事。 什么事呢？ 细想想，是有一大堆鸡毛蒜皮的事令人心烦，让人心焦，但似乎也都不大，没有大到让人活不下去的地步。更多的，可能就是觉得人到中年，感到一事无成，来日无多，心中充满了恐惧。

这种恐惧，是对生命飞速流逝的恐惧，对两鬓染雪、老之将至的恐惧，对建功立业遥遥无期的恐惧……

这些恐惧，其实也可以看作是焦虑。 是恐惧，也是焦虑。是焦虑，也是恐惧。 然用恐惧形容之可能更为准确。

不惑之年到知天命这十年间，即从初入四十到四十有半再到年届五十，这一段中年的心路可能要经历许多变化。 最初的感受是散淡，所谓四十不惑嘛。 接着是惶惑，人过了四十真的就不惑了吗？ 非也。 是更深更重的惶惑，惑而且惶，惶而且惑，惶恐加疑惑。 然后就会是恐惧。 巨大的恐惧，无边无际的恐惧。

岁月如风，流逝得无声无息，无影无踪。 岁月如刀，将漫长的日子切割得片甲无存，不留后路。

在这曾经的似乎漫长的岁月里，自己都做了些什么呢？ 生命的辙痕上，有什么值得回望的呢？

没有。 只有淡淡的正在远逝的岁月的背影。 这真的让人惊悚，令人怅惘，叫人悲哀。

生命如花，曾经盛开；生命如风，已然吹落了五十年的光阴。 流水落花春去也，换了人间，也换了人颜。

中年不像青年那样浪漫抒情了，变得现实而理性；中年也不像老年那样可以任运自在了，他还心有不甘。 人生的大幕还没有落下，他不仅不能退场，甚至还处在舞台的中心，被照亮在聚光灯下。 不表演都不行，不作秀都不行。 不拼搏，难，不冲杀，可以，但绝对不能退场。 死也得死在战场上。

为什么呢？ 上有老，下有小；左有事，右有情；进无望，退则辱。

上有老，百善孝为先，不说孝不孝吧，首先老要有所养，为人子者，这个责任是必须尽的。 下有小，小的比老的还要难伺候。 现在的孩子易生病，生了病就得看医生，看了医生就需要做各方面的检查，先排查你没有什么病，然后才能大致知道你可能是什么病。 即使是一个小病，比如咳嗽、感冒之类，也往往是飞机大炮一起上，差不多是地毯式轰炸一番，才见效果。 自己可以省吃俭用，但孩子绝不能受委屈。 这是一个信息化在某些方面又是透明化的世界，特别是周围有那么多的孩子作为参照，你想简单一点随便一点都不行，太太这一关就过不去。 不上学难，上了学也难。 这费那费你得隔三岔五为费发愁奔忙。心里慕着陶渊明，可你还得为那五斗米折腰。 心向南山，身陷泥潭。因此，身之左，有无数推不开的事情需要你拼着命打理。急也不得，气也不得。佛说忍，我们就忍吧。身之右，还有情。老年的情，像是老房子着火，没救，其实，中年的情，也是老房子着火。但这个老房子是烧得快，熄得也快，自救有方。为什么？人到中年，事杂心烦，所顾所虑实在太多，不像老年人那样来日无多，身无压力，可以由着性子专心一意地胡闹。中年是多事之秋，是非成败在此一举，稍不留神，一个分心，就功亏一篑，前功尽弃。所以，情也可爱，欲也可恋，但千万不可恋战——情场是一个惨烈的人生战场，否则必将丢盔弃甲，把一个老房子烧得精光。

人总得还要向前走。不论多么艰难。但要想进，比如俗世之升官发财一类，基本无望。为什么？升官，你得脸厚，发财，你得心黑，厚黑之学学不好，学不精，学不来，不想学，岂能升官，怎能发财？因此，对我辈来说，中年之人生，最主要和最重要的，就是要提升精神境界，而且是不断地提升。世上之物，或升或沉，其力学方向，不是向上就是向下。人是很容易堕落的，因为人是肉身。要保持肉身不致堕落或不使堕落得太快，就得不断警示自己，并且不断提升自己的思想境界。中年要学会人生的减法，删繁就简三秋树，太多的贪欲既会压垮自己，也可能使人堕落。事情弄成了，身体搞垮了，得不偿失。物质丰富了，灵魂堕落了，同样也得不偿失。

人是要向前走的。这个前，主要的还是精神的丰富，灵魂的提升。不向前，则退后，退则辱。人辱与自辱。其实，中年最大的恐惧是受辱。现在受辱，将来受辱。一张人到中年的脸虽然已是一张老脸，但老脸往往比嫩脸皮更薄，一张嫩脸风吹日晒甚至飘上一点唾沫星子可能会更健壮，而一张老脸却是再也经受不起风雨吹打了。有人说，人到中年，如何得体地活着，而且能使以后还能得体地活着，这是一个重要的命题，也是一个难题。是得体地活着，不是那种阔绰地体面地活着。何谓得体？恰当、恰如其分、恰到好处之谓也。得体者，得自己之体也，适合自己之躯体也。所以说，自己是什么人，要有自知之明，知人者智，自知者明，不明不智，难免受辱。

得体，就是不得非得之得，不取非取之取。君子爱财，取之有道。君子爱美，得之有方。非道非方，就不得体，虽得之，难免其辱。试看今日神州，多少得财上亿之高官，纳美无数之人精，最后落得锒铛入狱，身败名裂，自取其辱。所以，中年，得体地活着最为紧要。让人扎势去吧，咱得咱的体。人家乘坐路虎霸道纵横天下，咱家步行亦好，步行正好健身；人家满身名牌武装，咱家就一身布衣好了，布衣既环保又保健；人家大餐生猛海鲜，咱家就来点小吃得了，玉米糁，萝卜丝，从小吃惯了，吃着合口，据说还营养。纵横不比较，见贤不思齐。时刻记着，得体要紧。

寒来了，雪落了，让人惊觉：又是一年岁末了！少年甚至青年时，总觉得岁月漫长，也特别喜欢“漫长的岁月”这样的词语，觉得有一种能引起人无限遐想的诗意。漫长的岁月啊，能激发一个少年一个青年多少关于人生的美妙想象和向往！而今，又是一年秋尽冬来，我的人生五十已过，转身一望，原来感觉中的那些漫长的岁月竟然一晃而过。漫长的岁月一晃而过！居然一事无成。一事无成，年过半百。

当我这样感慨着的时候，一个老友说：“我也觉得五十岁了，毫无成就感。某天在环城公园里转闷子，忽然想起秦始皇同志，成绩不小吧，可他四十九岁便死球了——咱还活着，顿时喜悦起来。”“是啊，活着就是大成就！”我恍然悟道。这样一说，也这样一想，心中的恐惧感似乎渐渐地淡了。

四十感怀

小时候想四十岁，觉得那是一个非常遥远的人生驿站。倏忽间，自己不觉已到了这一站。昨日照镜，忽见头上添了许多的白发，竟诧异了很久：仿佛是一夜之间长出来的。今日是新年，坐在家里，无所事事，也不想出去寻热闹，有一会儿，心中却突然想起了小时候在寺庙里的感觉：古寺空寂，细细的雪霰打在松柏上，簌簌有声。竟异常地怀想此种情境。默然半晌，寻思在这闹市里何处能寻到这种境地，转转也好。最后还是苦笑了。

瞻望前途，说不上来有多少雄心壮志，倒是心比以往冷淡了许多。不是冷静，是冷淡。对于热闹，越发地不喜欢了。读书也更多地喜欢读旧书、古书。记忆力当然是越来越差了，但读古诗尤其是自己喜欢的诗句却能过目不忘。一日看一本新杂志上有人引了一首古诗，眼睛随意一扫，就记了下来，且再也忘不掉。这首诗是："山中何所有，岭上多白云。只可自怡悦，不堪持赠君。"喜爱王维和陶渊明。特别喜爱陶氏的《归园田居》："种豆南山下，草盛豆苗稀。晨兴理荒秽，戴月荷锄归。

道狭草木长，夕露沾我衣。衣沾不足惜，但使愿无违。”这些诗确实是“此中有真意”，使人“欲辨已忘言”。喜欢了就用毛笔书写。对书法有特殊的爱好，但却没有认真临过帖，没有什么功夫，只是胡写乱画而已。先前常写在纸上，是那种水写宣纸，写过即干，不留痕迹。但这也麻烦，一是纸常常铺不展，二是刚画得兴起，纸即用完，得过一会儿才能干。后来我干脆就在桌子上写。走笔如飞，自己感觉书法的美大大胜过纸上。看来是满桌的水印，但我却能读出其中的深意。

吃也更喜欢吃家常的粗茶淡饭。节日来了客人，大家就嚷嚷着改善伙食。弄了满满一桌，我却吃得没有什么滋味，总要再弄一碗稀饭或是面条吃了。搞得客人过意不去，觉得他们搞了特殊。

聚也喜欢与老朋友相聚。新朋友后来也结识了不少，但在感情上总是难以亲和起来。自然，这两年老朋友也离散了不少。没多大本事的奔了仕途，有本事的下了商海，各走各的阳关道去了。“众鸟高飞尽，孤云独去闲。相看两不厌，只有敬亭山。”李白这首诗，也慢慢地有些懂了。近年见利忘义的人多了，老朋友中也少不了此等人。商业社会、市场经济嘛。一日给一个十几年前的老同学说起对这等见利忘义之人的意见，说有些老朋友简直太不够朋友了，见利忘义，重色轻友，过河拆桥，背信弃义，老同学不知几时皈依了佛，笑着劝我：不要对人寄什么期望，有了期望，才会有不好的感觉。当时不服，后来在夜里几次不自觉地想起了老同学的话，觉得也有些道理。

到了四十，只有两个感觉：一是思想上顽固了，排斥的东西多了；二是心淡了，很多事也看淡了。当然看淡之后，对有些东西却更看重了。许多过去看轻的今天却觉得无比重要，许多过去看重的今天看来却不值一提。四十年来，也曾辜负了多少美好的时光，忽略了多少不该忽略的事情！四十年岁月汰洗，多少大事烟消云散，多少细节又突显出来，令人心动，使人难忘！对于情感上的念旧与思想上的顽固，也多次惕然反思：这是否老态的表现？终觉得心尚不老，认为这是生命进入另一阶段的必然，是生命的又一境界。

五十一岁感怀

五十岁的时候，一直念着，应该记点感怀什么的，以为人生一个重要驿站的纪念。 一直忙着，没有驻足凝思的片刻，似乎就是那么迟疑了一下，岁月轻轻一滑，我就进入五十一岁了。再一回首，五十一岁的日子，也已去了一半。 呵呵，时间过得太快了，太快了。 少年时，觉得一年的时间过得太慢，仿佛有一辈子那么长；青年时，觉得一年就是一年；中年时，觉得一年的岁月过得快了，一年几乎是以一个月的速度流过。 过了五十岁，岁月像是车子步入下坡路，止不住地向下滑，轻轻一滑，悄悄一划，半载就倏忽不见了。

再回首，岁月已远走。 只留下一缕烟似的背影。

我在四十岁的时候，一个年过六旬的长者，曾感慨地对我说，人一过了五十岁月就像撵贼一样快。 那个时候我遥望五十岁以后的岁月，还无法想象，更没有切实的体会。 如今，似乎有些明白了。 人到什么时候说什么话，人不到什么时候说不出什么话。 生命，实际上是一个逐渐体会的过程。 没有体会，说什么都是白说，听什么都是白听。

过了五十岁，忽然恋家了。就喜欢整天窝在家里，陪着三岁多的儿子玩。乐此不疲。不思进取。我四十七岁得子，算是中年得子，爱子之心当属自然天然，可是我五十岁之前，却不是这样，儿子在心上也不在心上，我的主要心思，是在我的事情上，一大堆似大似小可大可小可笑可疑的事情上。过了五十岁，那一大堆乱七八糟的事情忽地从心上放下了，尽管常常还是马不停蹄，但心中只惦念着一件事，那就是陪着孩子，和孩子一起玩。每天晚上，孤灯照旧书，等着，等着给孩子接上几回尿，等孩子安然入睡了，自己才睡下。

累并快乐着。

在家里。是如今的我。

在路上。是从前的我。

有人说，以人的典型生存状态和生命形态而言，中国人习惯于“在家里”，而西方人则向往着“在路上”。“在家里”对应着稳定的伦理秩序，属于传统观念；而“在路上”却体现着对未知领域的冒险与开拓，是一种现代意识。此说也许有道理，也许没有什么道理。以我的体会，人年轻时，向往“在路上”，人不年轻了，老了，就喜欢“在家里”。我五十岁以前，喜欢“在路上”；五十岁以后，喜欢“在家里”了。

老了吗？也许是老了。

曾经沧海难为水吗？除却巫山不是云。

朋友问，最近干吗？答曰：听听音乐看看云，哄哄孩子弄弄琴。吹吹清风读读书，晒晒太阳养养神。寂寞空庭春欲晚，雨打梨花深闭门。闲敲棋子过夜半，枕上酒痕掩泪痕。

放手，和还不能放手的

有一天，一位朋友大概是看了我的《五十一岁感怀》，与我交流人生体会。朋友说："人近五十，突然有种感觉：和自己讲和，和他人讲和，和世界讲和。"又讲，"惜缘，感恩。来过，爱过，走过；放手，放心，放下。"朋友所讲的天命之年的人生体会，包括对自己的要求，我都深为赞同。我说："有同感。只是对我来说，这个'放手'说到容易做到难。"

"放手"，"放心"，"放下"，乍一看意思相近，其实其意义的逻辑关系是有递进的。"放手"之后才能"放心"，"放心"之后才能"放下"。而"放手"这个说法，很具体，很形象，也生动，很打动我的心。后来几天，一有空闲，我就细细地想这个"放手"。

我已五十有四。回想起来，五十岁那一年确实是我人生的一个重要的分水岭。那一年，我把许多的人生负担都放在了五十之前。我在知天命之年，确实有放手的和早已放手的。我本一介书生，自小就定下心愿，要以读书和写作为生，为乐，为荣。三十岁之前，曾有一个从政当官的机会，当时连想都没想就拒绝了；四十岁之后，也有那么一个机会，也是毫不犹豫地就放过去了。扪心自问，对于权，自己应该是早就“放心”和“放下”了——不能说是“放手”，因为就没有沾过手。权之外，人生难以“放手”的，可能还有一个“情”字，当然，是多余的“情”。这个难缠又难放的家伙，我也断然“放手”了。放手，放心，放下，自在，得大自在，海阔凭鱼跃，天高任鸟飞。

五十之后的生命体会是，人的一生其实是与他人讲和，与世界讲和，而与自己要不断地斗争——要战胜自己的种种欲念。撼山易，胜己难。然而人之为人，就在于人能够战胜自己。人说，食、色，性也，说明这是人之本性，最难战胜。其实，色欲当然要断，食欲也要控制。色欲之断，是在一定的年龄阶段，早断早受益，早断早安宁。食欲之控，也是在一定的年龄阶段，早控早受益，早控早方便。

五十以后，似乎是依着天命行走，但有一些事还不能“放手”。想了再想，确实是不能“放手”。儿子七岁，今年上的小学。秋天的早上，我送他去上学，出门之后，他把一只小手放在我手心里，让我紧紧地握着，过一会儿，他把另一只手也放进来。问他为什么，他说“手凉”。我就知道，这两只小手得紧紧地握着，是绝对不能放手的。

还有，自己好赖也算个读书人，读书人自古就得给社会尽点责任。所以，对于读书人应尽的责任，该“出手”时还得“出手”，这个也是不能“放手”的。

其他的，可以都“放手”了。或者，早已“放手”了。

六十岁，想成圣人

六十岁这一年，糊里糊涂过着，眼看这一年快要尽了，冬天的一天，忽然心中有一个声音在对自己说：六十岁以后，要成为一个圣人。

我笑了。

但是那一天，以至以后几天，心中都有一个声音，执着地在重复着这句话。

六十岁这一年，退休了。年初。虽然对我来说，退休和不退休并没有太大的区别，但是退休了，还是安静了许多。特别是，心更闲了。

并不知道六十岁以后还能走多久。天知道。

“六十岁以后，要成为一个圣人”，这是六十岁这一年，我的心告诉我的。

六十年来，我做了许多事，都是由着自己的性子。也有胡来的时候。但是有一个心在那里，静静地看着我，耐心地等着我。心常常告诉我，“这个事你做错了”“是时候该停下来了”“住手吧”“你这样是对的”“应该如此”。如此等等。

圣人是什么样的？ 不用想太多。 我的心知道。 天也知道。 我明白重要的一点，要成圣人，为人做事，先得把头低得很低很低。

六十年来，虽然做了许多事都是由着自己的性子，但我最后或者最初都是听从了心的召唤。 最后的转换或转变，更是听了心的召唤。

六十岁想成圣人，那你以前都是什么人？ 有必要对自己回顾、反思一下。

看得最近的，是五十岁以后，这十年。 我看得清楚，五十以后，自己是“学为好人”的十年。 五十岁那一年，削了发（把头发剃光了），成了光头，不是和尚胜似和尚。 这十年，我把以前的毛病特别是严重的毛病，基本上都改了，那些人性的弱点，我都克服了。 十年修炼，学为好人，现在看看，好像可以算个好人了吧？

再往前看，三十岁至五十岁这二十年，现在看来，应该是我的人生变化最大的二十年。 三十而立，四十不惑，这可能是古人吧。 从自己的生命历程看，这二十年，一半为学，一半折腾，归结起来似乎半是学人半是真人。 干了一些“坏事”，却也是发自真情，以“真人”名之，掩饰之，可乎？

二十岁以后十年，可算学人，读书学习之人。

二十岁以前，童稚，少年，青年，真纯之人吧。

总其六十年人生，基本上可算是一个读书人。 基本没有违背读书人的做人之道。“坏”没有“坏”到底。 但确实“坏”过，不必讳言。 因为“坏”过，所以要“学为好人”。 十年学为好人，改邪，归正，放下，自在，一心一意，真心诚意，现在已经成了好人，再让变为坏人，也难。也不可能。人由坏变好，其实是容易的，但要由一个经过烈火和冰水淬炼成了好人的人，再变为坏人，反而不可能。事非经过不知难，人非经过不晓理。有谁不信，试试。

这是自己的回顾和概括。不管别人信不信，我信。

春节前和几个朋友聚会，因事晚到，有朋友开玩笑说我是“干坏事来晚了”。我说，我五十岁学为好人，六十岁了想成为圣人，“坏事”别想沾我的边，不可能。大家笑。有朋友说，你想成为圣人，也不可能。又有朋友说，现在是讲底线呢，不跌破底线就不容易了。我大笑：哈哈，底线，对人的要求太低了啊。但我愚顽，我就是想成为圣人，真心的。朋友们一边笑我，一边喝着酒转移了话题。

有一天，我悄悄地告诉夫人，六十岁了，我想有一个目标，想成为圣人。夫人笑了。

春节期间，我陪夫人和孩子去海边。那天，我正在看海，远处的夫人给我发了一条微信，是她写的一篇小文：《此生，我离你最近》。文中写道：

那天，你说将在六十岁以后成为圣人。

我笑了。你有些不好意思。

我说，我不是取笑你，而是敬佩你。

现在谁还想当个圣人呢？那是多么不符合潮流、多么不被人理解、多么与现实背道而驰的一个理想啊！

我知道你是认真的，是经过了无数次的思考决定的。

……

六十岁的年龄，经历过风雨，体会过艰难，付出过血泪。于是，六十岁以后，很多人满不在乎地、毫无羞愧地、理所当然地、争分夺秒地，向这个世界索取一切。

而你，竟然选择当圣人。

……

2018年岁末，你告诉了我，你的六十岁以后的人生理想。那天，天空上正飘着晶莹的雪花。

这是我听到的最好的、最高贵的、最诗意的一句话。

我很高兴。

……

细雨蒙蒙：雨天写给过去学生的信

门外飘着蒙蒙细雨。又一年的春天来到了。

我的办公桌正对着门，我常常望着门外的景色，思绪翩翩。现在，门外那丛玫瑰的枝条上已抽出许多新叶，紫红色的，上面承接了雨水，湿润欲滴。那丛灌木一样芜杂而且高过屋檐的梅树，几天前还繁花满枝，如今已纷纷坠落。扫过一遍，又落了一层。前边那棵高高的玉兰树，眼下正是开花季节。朵朵洁白的玉兰如玉如雪，亭亭玉立，缀满枝头，透着一种秀丽清雅的风韵。我是那么喜爱它。前几天我写了一篇文章，署名时就用了“白玉兰”做名字。可惜这种花花期很短，只有短短的十天左右就凋谢了，而且一年就开这么一次。这使人想起青春的短暂。不过，这种树有一个特点，先开花儿，后长叶子，花儿谢了，就会长出满树的绿叶。

我现在这个单位的大院，过去是一户人家的公馆，而且是一次历史事变的旧址，当年曾住过叱咤风云的人物。不过，现在它早已失去了豪华气象。旧式院落，房屋大都陈旧，有的已经破败，不能住人。这常使我想起唐代诗人刘禹锡《乌衣巷》中的诗句:“旧时王谢堂前燕，飞入寻常百姓家。”不过这里庭院深深，很是幽静。幽静的大院落里只有几个人来上班，彼此之间一般也不交谈。只有一些鸟雀跳跃枝头，叽叽喳喳叫着。

办公室后边是一条窄窄的、长长的巷子，很少有车辆驶过，偶尔会听到一声两声小贩拖长了声音的叫卖声，高亢而悠长，然后渐渐远去。

日子一天天过去了。我来到这里，已快一年了。我是去年五月初离开学校的，现在已是三月底了。这一年来，我没有再见过你，也没有见过其他同学。可是我常常想起学校，想起我那些——有五年呢——教书的日子，想起往日的好多人，好多事。当然，更常常想起你，想起你这个我当年的“得意门生”。

（那天只写了开头，后来接着写。）

几天过去了。雨早已停了。门前那树玉兰日前开得似乎正是最灿烂的时刻，如雪如云，满院都飘散着清香。只是这最灿烂的时刻，恐怕也正接近它的尾声。风一吹，片片玉兰宛若洁白的羽毛优雅地落下。地上已铺了一层，像落了一层雪。别的树则正绿满枝头，春意盎然。我瞧着不由得心头一阵激动。我似乎从来没有像现在这样感到春天的无比美好。这似乎跟我正在逐渐告别青春时代有关。

我想起也是一年的春天，你写了一首诗让我看。我那时教你们作文，基本上是写记叙文、说明文，不写诗。你的诗我看了，记得题目就叫《春天》吧。我记得有“燕子飞来了，小草绿了，杏花开了”这样的句子，你写了好多“来了”来写“春天来了”。你让我谈看法，我说这诗铺排过多，句式、结构都缺乏变化，而且写的都是春天的一般现象，因此这诗也一般化。你问我怎么改，我当时似乎语焉不详。事实上我也说不出怎么改好。或许这诗根本就无法改，不能改，你写的是你的感受，我改了就变成了另外一种样子。今天想想，你那样写也未尝不可。初学写诗，不能要求一定写成什么样子。

现在想起来，那时我们在一起也很平淡，无非是我上课，你听课，课余很少来往。然而那些日子里，你给我的印象很深，也给我许多鼓励。记得我第一次到你们班上课，提问时，你第一个举起手，那么快，给人一种争先恐后的感觉。当时你脸很红，大家都笑你。你看看我，又看看大家，一脸的不解和惶恐，好像还有点难为情。我那时觉得你很热情，也开朗，不过，并没有感到你有什么特别惊人之处。然而这以后，我渐渐发现你非常聪明。你的理解力、记忆力和表达能力都很强，对听讲课毫不费力，甚至没有讲到的你都领悟了。让你读新课文，你基本上畅通无阻，几乎没有生字词，而且字正腔圆，语音相当标准，因此每讲一课我都喜欢让你读一段，给大家做示范。每次提问你都举手。当然不能总叫你回答，然而每当其他同学回答不上来时再叫你，你定能使我满意。你的作文更是叫我得意。当一般同学还错别字满篇，文理不通时，你的语言已相当通顺，并且讲究表现力，结构上也讲究，甚至有技巧。记得有次考试，卷子密封，阅卷时各年级交换着看，咱们二年级的卷子三年级看，阅卷老师看了你的作文大为欣赏，说他若看高考卷子，遇到这样的作文，也打满分。语文教研组传阅你的作文，老师无一不赞赏。这样，每次语文考试，你的分数总是全年级最高的。我听到有的老师训斥其教的男学生说，你们这些男子汉竟然比不上一个女同学。这使我得意非凡。我虽然在某些方面不合校长的意，但在教学质量上，那个古板苛刻的校长却从无异议，因而在一些事情上倒也让我几分。

当然，我喜欢你，并不仅仅因为你学习好，你还很懂道理。班上有许多学生显然还“狗屁不通”时，你已完全知道什么该做，什么不该做，而且有相当强的自制力。当然你也绝不像一个小大人，少年老成，你甚至还很幼稚、天真。你使我感到你既很纯真，晶莹如玉，同时又能分清什么是是，什么是非，什么是善，什么是恶，什么是美，什么是丑。这是很不简单的。这也不是我一个人对你的印象和评价。你年年被评为全市三好学生，就说明这绝不是我一个人的偏见和偏爱。

我们那时相处得是多么融洽和愉快，当然，不仅仅是你，我跟你们班同学差不多都是这样。那时，同学们很尊重我，也喜欢我，我对你们亦如此。我曾看过一个学生的日记，上面写着:“几乎全班同学都喜欢邢老师，喜欢上他的课。”我虽然不是你们班主任，可我们酝酿了多少次出游计划。讲朱自清的《春》，我们计划春游踏青；讲峻青的《海滨仲夏夜》，我们梦想在乡村过一夜，听听池塘里的蛙鸣，在轻柔如纱的月光下奏一曲笛音；对了，讲完杨朔的《香山红叶》，我们还真的去渭河边草滩秋游了一次呢！为了那次秋游，有的同学还流过泪呢。记得吗，那次讲完《香山红叶》，我说，下次咱们作文也写一篇类似《香山红叶》的散文，为此我们可计划秋游一次。同学们一下子欢呼雀跃起来。说实在的，那时学校的生活也太沉闷了。我的计划得到了学校支持。但你们班主任说要等到期中考试后，大家当时是何等丧气，有几个甚至哭了。我当然要尊重班主任的意见。后来终于去了。浩浩荡荡。二班也跟着去了，其他班上有一些同学也去了。同学们散落在河边，在树林里，在已经枯黄的草丛里，玩得多么开心啊！我记得我带的食物在路上丢了，吃你带的家做的又白又香的锅盔馍，我说好香好香，你是那么高兴。那天我仿佛跟你们一样大小，没有摆老师架子，其实，我平时就不愿“摆”，身不由己，为人师表嘛。同学们喜欢的不就是我没有“架子”吗？回去时大家三三两两地走了。我对你说：“张贞玉，跟老师一起走吧。”你犹豫了一下。旁边有六班两个女生在看你，眼光里有话。你的犹豫使我好笑。但当时很理解你的“敏感”。我相信你纯真无邪，你大概也不会认为我有什么杂念，我们是互相信得过的。你要避嫌疑，免得人多嘴杂，我自然明白。我借故去吃饭，你便跟她们先走了。有时，我确实想跟你谈谈学习以外的更广阔的问题，比如社会、人生和理想。然而没有机会。你走了，我毕竟有些遗憾。可仍觉得这是多么好啊，多么美妙。人生不就是一场遗憾吗？或许正因为遗憾才让我们那么忘情地怀恋，怀恋那些遗憾中可能包含的没有实现、不能实现的美丽人生。

（信未写完，又是几天过去了。）

昨夜刮了一夜的大风。今早又放晴了。那棵玉兰只剩下十余朵花。可是门前有一棵樱花，正开得灿烂，满树花团锦簇，远望洁白如雪，近看花蕾上、花瓣上染有淡淡的红晕。

我想起了那年冬天。

我记得那年冬天——前年冬天吧，第一场雪是十一月二十七日下的。我之所以把这个日子记得如此清楚，是因为那天是咱们编的校园剧到区上参加演出的日子。为了这个日子，我们紧张地准备了几个月，是吗？ 在这个日子之前一个月，是秋天吧，校团委给学校各年级各班布置任务——自编自演校园剧，先在学校举行一次选拔赛，再到区上参加汇演。 我那时受命负责咱们年级的编剧、导演工作。 先是编剧本。 我从各班抽出几个作文尖子，——当然第一个是你，先讨论剧情、人物、主题，然后分头执笔写一段，再由我统稿。 同学们显然对写剧本完全陌生。 你那时表现虽然积极，但似乎没有什么突出贡献。 几经折腾，剧本还是在我手下完成了。 然后进入排练阶段。

记得那时正在演电视连续剧《红楼梦》。 每晚看完，第二天大家总要议论一番。 年级组长对我说：“你可以向《红楼梦》剧组学习，踏破铁鞋寻演员。 当然，咱们不可能在全国挑。 但整个年级任你挑。”我那时没有想让你扮演什么角色。 因为剧本写就，剧中人物性格、特点也有了规定，没有适合你演的角色。 再说，你跟我一样，书卷气或说书生气过重，不善“表演”，尽管你也很开朗。 你是“本色演员”，而不是“性格演员”，要演也只能演跟你性格、气质相似或近似的角色。 当然，像你们这样的中学生，严格说，基本上只能自己演自己，还做不到演跟自己性格、气质有差异，特别是差异甚大的角色。于是，一天早自习时我到各班巡视了一番，挑了几个学生来试演。 后来虽略有调整，但人员基本未变。 现在想来，我不知道我未选你扮演角色你是否介意，当时我根本没有想过这问题。我认为我很坦荡，我也如此看你。 事实上，那时我也没有看到你表现出什么不快来。 然而，我现在有时暗想，或许你在潜意识里因此而与我有了芥蒂。 而况，后来我对女主角许静似乎过于热情，多少有点忽略了你。

许静起先是由参加编剧的三班学生小萍推荐给我的。小萍在走廊上把她指给我，我只匆匆瞥了一眼。后来只有女主角难找，我就点名要她试试。许静性格文静，举止优雅，长相非常美，至少全校无人可比。年龄不大，但个子很高，看起来像一个大姑娘。她给人的成熟感，以及气质、相貌，都适合演女主角。但她平时显然对个人束缚、克制过多，因而过于沉静、含蓄、羞涩，戏演得总不够火候，欠一些。女主角是全剧的主人公，是关键人物，因此，从排练到她的情绪，我都注意合适引导，格外关心。那时候，编剧组大功告成，已经解散，我安排你做舞台提示。那时候，"演员"是我注意的中心，显然，我忽略了你。在排练过程中，我呈现出前所未有的积极和热情。大家在一起，也是那么好。全校都在关注我们这个剧组。然而，全校会演那天，众目睽睽之下，我们的演员却乱了套，甚至该跳舞时竟傻愣在那里，不该跳时却莫名其妙地扭动了一下胳膊和腿。多么令人失望。我简直羞对全校师生，愧对咱们年级的老师和同学的热情。节目未演完，我一个人走回办公室，伤心得哭了。可是评分结果却大出意料，我们得了第一。这之后，我们将代表学校到区上参加汇演，因此我们总结教训，重整旗鼓，加紧排练。书记、校长都来指导。演出前一天晚上，我一夜未睡，坐在你们班主任冰冷的宿舍里，听了一夜的风声和音乐。十一月二十七日，古城下了第一场大雪。我们冒雪去区上演出。当然，我们得了奖。

这之后，剧组散了。恢复了平静。可是我和你之间那种默契却似乎减弱了。尽管后来我们的剧本在市上还得了奖，拿了好的名次，全校隆重表彰，又是摄影，又是发纪念品，你已获得学校给的演出奖（你是舞台提示，剧本前的开场白也是你朗诵的），这次又获得市上给的编剧奖，你不能不高兴，然而，却没有了我们往日那种师生之间的亲密无间。 是的，我们似乎有了隔膜。

那时，我已逐渐感觉我正在告别青年时代。 青春的热情和烈火当然绝没有熄灭，但已渐渐被我压向心底。 对许多事我已能忍耐、无动于衷、麻木不仁，那时我常常感到个人的渺小和人的无能为力。 我那时心绪经常处于一种颓丧和落寞之中。 现在想起来，我都不知道当时一段时间我都干了些什么。 哦，或许那阵子我在做白日梦，想一些今天看来相当可笑的事情。 这就不说了。 直到有一天，我们发生了冲突。

我已记不清那天上课的详细情形了。 只记得我讲课时，有一个平时就爱捣乱的男生说了一句什么话，我听了很逆耳，很生气，就训斥他。 这时我听见你在下边嘟囔什么，好像是说我听错了那男生的话。 你对那同学的变相辩护更使我勃然大怒。 我向你质问：即便我听错了他的意思，难道他上课说闲话干扰教学就对吗？ 你沉着脸，一副不服气的样子。 这更使我生气。 这时恰好又有几个女生打闹说闲话。 我一怒之下，拂袖而去。 我当即找到你们班主任和校长，要求辞去你们班的教课任务。 校长当然是劝慰我，又询问了当时的情况。 我平常从不愿把矛盾上交，但这次盛怒之下，气呼呼地说了当时的情形，重点点了你的名。 然后我说：“连张贞玉这样的三好学生、我的‘得意门生’都成了反对派，可见我已极不称职，课教得确实不好！”然后我说“我不干了”。 那天我负气没有再上课。 第二天你来找我承认错误，我知道这是班主任和校长跟你谈话、批评你，对你施加压力的结果，我什么话也没说，只挥手让你离开。这是我为人的一贯表现。我能原谅一切人，甚至敌人（假如有的话），但我往往不能原谅朋友。我认为别的什么人对我不好是正常的，因为别人毕竟是别人，而朋友对我不好就成了反常。这些话我在后来给你的信中说过。我认为我们师生之间的关系一直很好，你敬重我，我也很关心你，这里面有一种类似朋友、知己的情谊在。当然，现在想来我的大动肝火确实有些过分。你使我很伤心，我可能也使你很伤心。

有了这次冲突，我们愈加冷淡。其后我也想找你谈谈心，但终于没有这样做。很快地，我就离开了学校。

事实上，你也曾当面指出过我的缺点。那年暑假，你们在学校补习，我去学校，同学们见了我围上来问长问短，你也在。正说得兴高采烈，卫广寿老师从旁边走过，他曾给你们当过一段时间的班主任。你当时说："卫老师这人非常好。对学生全心全意，学习上关心，生活上也操心，简直是无微不至。工作又极认真。"然后你冲我说："不像你。"你的坦率我毫不为忤，而且很喜欢你这种坦诚直率的作风。我还是有自知之明的。我确实不如那些中年教师那样，兢兢业业，把心都扑在教育事业上。我多少有些自由散漫，工作起来有时热情很高却也不乏感情用事、意气用事。性格还算温和，但不能容忍的事情太多，因而脾气往往很大；心胸也还坦荡，但不习惯的东西不少，因而有些落落寡合；特别不爱管束学生，严格要求学生，因为我常说我连我都不想管，不想严格要求，怎么可能去管别人，要求别人。这也是我想离开教师队伍，从事他业的一个原因。为人师表，正人要先正己。这正己就要严格要求自己，言谈举止都要合乎规范，方能为人师表。 而这使我处处感到不自在，仿佛要成为另外一个人。 与其误人误己还不如另谋出路。 这也算我的一点自知之明吧。

我从踏入学校当教师的那一天起，就时刻准备着离开学校。然而一直未能如愿。 可是就在咱们发生冲突后不久，我的命运很快出现了转机，接着就离开了学校。 临走前几天，你们正面临期中考试。 我在给你们复习时，对学校生活、对同学们当然也充满了依恋之情，但我是一个比较冷静，也能掩饰内心激动的人，我尽量做到不动声色。 我只记得我似乎在黑板上无意识中写过两句李商隐的诗：“相见时难别亦难，东风无力百花残。”那时恰值春末。 当同学们得知我要走的消息后，有几个同学提出要为我送行。 这种送行当然不像成人世界那样，在什么地方大吃大喝一顿，而是要我再带同学们郊游一次，相聚一次，欢畅地玩一次，因为在学校，毕竟太束缚、太沉闷了。

当时我曾问组织者都有谁去，他们说了好多人，其中有你。可是去时却未见你。 我还以为你为那不快还耿耿于怀呢。 郊游回来，我已不教课了。 两天后，未及见你，就匆匆告别。

别后的几个月里，有时面对着姹紫嫣红的鲜花，有时在塞外边城的寂寥的雨后，有时在遥远的异地他乡，有时在现代都市的豪华宾馆的夜阑人静时刻，与亲朋好友们神聊之后，有时在深山的夜行中，就忽然觉得心中有一阵伤痛，一种遗憾，一丝惆怅，一个思念，就想起了你。 淡淡的往事如潮水涌来。 我们难道就这样无声地分手了？ 此生再也见不到你？ 我觉得我们可能有什么误会。

于是在一个六月的早晨，我就坐在这办公室里，给我走时未及一一告别的好学生都写了信，自然其中有你。很快，接到你的回信。你首先说同学们都很想念我，都盼着我再去给你们上课。尔后，你又不无遗憾地说："当然这已是幻想了。"这使我很感动。你也回忆了过去那些称之为"融洽、愉快的日子"的生活，这使我很感动，也很伤感。你说你后来的冷淡是因为我在校长面前告了你，惹得校长"狠狠地"批评了你。然后你问我："你走时带大家去郊游，为什么不叫我？我真的那么惹你讨厌吗？"这真是冤哉枉也！你最后说你想转学，问我妥否。我及时回了信。我对一些误会做了解释，也劝你："一个人的成才，环境固然很重要，但根本的还是个人的努力。"我劝你不要对现在的学校过于失望，也不要对别的学校抱太大的希望。我还说，假如你认为转学确属必要，有困难我可帮忙。

然而后来再未接到你的回信。又是几个月后，我去信问你现在的情况（我打电话问一个老师，他说你好像没有转学），又寄去几期我们编的刊物。可是至今未见你的回音。不知你已经转学还是为了别的什么。一切都不得而知。

去年岁末，我去了一趟学校。学校里没有人。只有雪，落满了校园。回来后，我感慨万千，却只在日记上写了几句古诗：昔我往矣，杨柳依依；今我来思，雨雪霏霏。

我不相信人与人之间不能相通，不能理解。我相信人间是有真善美的。尽管当今时代，我也见了不少我不愿见的东西。我总是珍惜人生那些美好的交往。这封信所写的就是我珍存在记忆里的一朵温馨的花。

信写完了。当然言不尽意。

但是，我现在不知该不该寄给你。或许这里边有什么"不妥当”的地方，尽管我认为这里只是也仅仅是人间的至真至纯。还是不寄吧。且让我藏起来。或许有一天我还会再遇到你。那时，等你有了更多更深的人生阅历，“繁华落尽见真淳”，再让你看。当然，也许此生再也见不到你，“别时容易见时难”；也许见到了却已不是原来的你。那又有什么呢？人生不就是有许多遗憾么？

再见了！

（又记：又是十余天过去了。玉兰早已落尽，新叶已经长出。）

初恋的回忆

上初二的时候，我从乡下转学到城里。置身一个陌生的环境，面对那么多活泼的城里同学，我由于说话有浓重的乡音，常惹人笑话，由于缩手缩脚而显得有点笨头笨脑，不免有些自卑感。不久，班上又转来一位女生，叫李小媚，大大的眼睛，圆圆的脸，个子也高。那时在我的眼里，她就是天下最漂亮的了。

从见她第一面起，我就喜欢上了她。可是说来令人难以置信，上完初二上初三，上完高一上高二，直到毕业的最后一天，我们都没有说过一句话。爱情入心要发芽，但我从来没向她表白过。从那时起，我学会了将感情深深埋藏，在心里爱一个人。我在等待，等待有一天她也流露出对我的好感。一厢情愿是很尴尬的。如果等不来这一天，就让感情永远埋藏在心底。

心里悄悄喜欢，虽说不上“寤寐思服”，但特别注意她。有天早上，我出校门，她进校门，迎面相逢，或许由于她太美了，我竟不敢看她。她走过去后，我又忍不住回头看。恰巧她也回头看我。她这回眸一望使我怦然心动：喜欢一个人才想回头再看看，她喜欢我吗？我们虽不说话，但她的一颦一笑，一喜一忧，都牵动着我的心。更多的时候，是我悄悄地站在远处欣赏她的美。那年春天学校开运动会，她是仪仗队员。开幕式上，她穿着鲜艳的衣服，捧着鲜花，面带微笑，裙下两条细白修长的腿，在春天还有点轻寒的天气里优美地迈动着，我觉得她美极了。

一个中学生的多情说起来也许会让人笑话，我那时最美好的感受就是见到她，不见，就怅然若失。后来我已成为班上的骨干，有年去翠华山春游，老师让我带队。我负责通知同学，特别嘱托团支书叫上她一起去。出发的时候，同学们都到了，团支书也来了，可她却没来。一问，说她家有事不能去，我非常失望。整个春游，我都觉得少了什么，湖光山色都失去了原来的美。

仿佛是命运的刻意安排，直到中学毕业的最后一天，我们才在渭河边的一家国营农场说了话。那年月，我们经常学工学农。临近毕业的几个月，我们一直在农场学农。那是一个中午，我去食堂买饭，食堂卖一种叫“千层饼”的油卷馍，特别好吃，我去得晚了，打饭的说已卖完。我当时有些不讲理地说：“我非要买千层饼！”恰巧小媚那天在食堂帮灶，在一旁站着，笑着对我说：“我还留了两个，我给你拿来。”说着就返身取去了。我当时大感意外：一是那时男女同学之间有一种无形的界限，彼此不说话，何况我们以前从没说过话，她居然先跟我说话；二是她把给自己留的饼慨然给我，说明对我印象还好。当她笑着给我饼时，我的脑子还没反应过来。

两块饼下肚，我激动得一中午没睡着觉。时值夏天，同学们都在午睡，我爬在窗口，望着空落落的院子。那边柳荫下是女生宿舍。突然间，我发现小媚从宿舍出来，向村外走。我不知她去干什么，隐约觉得这是一个天赐良机，急忙叫醒跟我很贴心的同学李连喜，让他陪我出去一趟。李连喜起来什么也没问就跟我走了。

外面骄阳当空，空无一人。村外向北通渭河的小路上，有一个人影，我一眼就认出是小媚。我们也向北走。道路两旁是一望无际的庄稼。小路弯弯，小媚一会儿被庄稼隐没，一会儿又出现了，她也不回头。穿越一片树林，远远望见一条高高的防洪大堤。李小媚登上长堤，四顾一望，走下堤消失了。我估计她去了河边。可是当我登上长堤的时候，举目四望，居然一个影子也不见。我非常奇怪。我站在高处，这里视野很开阔，方圆几里之内一览无余，怎么一瞬间她就不见了！渭河宽阔的河面上波平浪静，对岸有一只渡船躺在烈日下一动不动。河岸边长满了高高的苇草，旷野里强劲的风吹来，苇草起伏如醉。我和李连喜愣站了半天，也没见个人影出现。

我失望地回到树林，准备折身再往西走，忍不住回一下头，却发现李小媚就站在堤上。我真是喜出望外！我打定主意，等她回来走过我时，就叫住她跟她说说话。她向回走。可我眼睁睁看着她从我面前过去，却没有勇气张口。目送她走远了，我和李连喜连奔带跑穿过草丛抄到她前面，然后坐在路边等她过来。她越走越近，我的心也越紧张。可这一次还是眼看着她走过去，不敢叫她。等她渐行渐远，消失在拐弯处时，我又撒腿去追。拐过弯，我一阵惊喜：她居然坐在小溪边的一块白石上，悠然地用脚丫玩水！ 我暗想：她是有意等我吧？ 但我不敢肯定。 李连喜什么也没问，但他一切都已明白，这时他望着我也松了一口气。 也许是越爱越小心翼翼，她近在眼前，我还是缺乏勇气。 我决定让李连喜给我帮忙。 我说："你过去跟李小媚说，就说我想抽烟，让她帮我在小卖部买包烟。"其实我根本不抽烟。 我们是学生，农场不给卖烟，女生去买，营业员可能不怀疑。 李连喜拿了两毛钱过去了。 我怕李小媚拒绝，还好，她接过钱向我微笑了一下，去了。

我在村外公路边等。 过了一会儿，李小媚闪过屋角出来了。 我已想好，她给烟时，我就约她下午出去。 眼看她快到眼前了，公路上却驰来一辆自行车，车上是一位男同学，他捷足先登，到我跟前下车跟我说话，我一肚子恼火却无从发作。 李小媚看见了就犹豫着不过来。 李连喜急忙迎了上去。 两人说了什么话后，李小媚回去了。 骑车的同学冲散一场好事之后扬长而去。 李连喜过来说，小媚没买到烟，售货员对女生一视同仁。

虽然丧气，但我想总算有了开头。 序幕拉开，好戏还在后头。 整整一下午，我和李连喜都在广阔的田野里逛荡，站在小河边放开喉咙唱："田野小河边红莓花儿开，有一位姑娘真是我心爱……"

傍晚，我俩回村，情况已经有变。 同学们纷纷收拾行李，说学校刚来电话，让马上回城，汽车一会儿就来。 想不到这竟是我们中学生活的最后一天。 回去后面临的就是上山下乡了。我不由悲从中来。 看着同学们高兴地忙着回城，我反而很冷静。 我坐到地铺上，思绪翻滚，便取了一张纸，写道："李小媚同学：同窗数载，吾意属君。 心向往之，苦不能言。 分手在即，情不能抑。世路茫茫，复见何时？爱心一片，深情万年。耿耿在心，今诉于君。知我罪我，皆望示之。”我准备有机会时给她。

汽车来了，停在村口，同学们提着行李一拥而上。李连喜也上去了，他在车上叫我快上，他给我占了一个位子。我看见小媚站在车下，就不想先上车。她站了一会，又和一位女同学往村里走。我扔下行李就跟了上去。结果她们是上厕所。出来后两人分手，小媚一人往食堂走。我想这是上天给我安排的最后机会。我跟着到食堂。她进去了，我等在路口。过一会儿她出来了，我迎上去慌慌地问：“你怎么还不上车？”她说：“我是第二批的，明天回。”我这才知道还有个第二批。我一时无话。她看着我，等待着，仿佛早已知道我要找她。我想这是最后时刻，再不说恐怕今生今世就没机会说了，就鼓起勇气，把一直攥在手心的信伸到她面前说：“你回头看看。”她接过后我转身就走了。

回城以后我们就毕业了。不再上课，也很少去学校。我天天盼望见到小媚。有天在街上，我远远地看见她骑车过来了，就站住等她。她到我跟前下了车，向我微笑。我问：“看了没有？”她说：“看了。”我问她的意思，她低下头说：“你写的我看不懂。”我一时不知再说什么。

后来我把这事说给要好的同学，同学认为，这是小媚不好意思拒绝，就故意说不懂，其实是婉言谢绝。我听了心里不甘，争辩说也许是小媚真没看懂，因为我写的是文言文。那时我喜欢读古诗文，觉得言简意深，写情书时就写成了那样。我想，她既然说看不懂，我就写个能懂的给她。有天早上买菜碰到她，我给了她一封写了长达七页的信，信尾还约她下午到我家面谈。

下午我在门口等。到了约定的时间，我看见她转过街角从那边出现了。刚准备过来，她又像发现什么似的，突然拐进了一条小巷。我往这边一看，真邪，一位男同学也向我家走来。我向同学摆摆手表示有事，急忙去追小媚。曲里拐弯找了好一会，终于看见了她的背影。我喊了声："李小媚！"她停住了。我走到眼前问她："看了？"她说："看了。"我又问："你的意思？"她说："跟你一样。"

多少年后，我都忘不了她说这句话时给我心灵的震撼。

我们约好当天晚上再见。晚上，她去她二姐家，略坐了一会，就出来见我。我们坐在郊外的林荫下，第一次面对面谈了好久。我向她倾诉了我多年深藏的感情，她说她其实也很喜欢我。

一个细雨蒙蒙的日子，我和她去大雁塔玩。没想到雨天气温骤冷，我俩都穿得很单，冷得牙齿打战。我们坐在门洞下说话，挨得很近，却没有挨在一起。那份纯洁至今想来仍叫人感动。那年农历六月二十五日，我家乡过会，她给家里撒了谎，我们又一起到了乡下。中午去小河玩，我赤脚走在水里，她走在岸上，她唱歌，我吹口琴伴奏。尔后又坐在树下，说未来的事。我说我将来无论下乡还是留城，或者下乡后再回城，都只爱她，等她。她说她只记着我，除了我外谁都不嫁。她的家庭要反对我们的关系，她就终生独身。说到动情和伤心处，她簌簌落泪。这样真诚地与人海誓山盟，我此后再也没有过。

那些日子，我夜里常常突然惊醒，望着黑暗的夜空问自己：

她爱我是不是真的？ 是不是做梦？ 当证实不是梦时，我又为自己巨大的幸福而在心里感激命运和神灵。

不久，她下乡插队去了。 我免下留在了城里。 离别时她不让我送，那时我们的关系不敢公开，她走时有她家人陪着。 我买了件花上衣给她做分别留念。 她送我了一个缎面日记本。 她下乡的当天就写给我一封信，说她夜里遥望家乡，禁不住哭了，她很想念我。 我立刻给她回了信。 接着她又来了封信，谈她那里的情况。 我收到信后就回了信。 过了一个星期，两个星期，未见回音。 此后我去了好几封信，再也没见到她的回音。

半年之后过春节，我想她肯定回来。 我在她家门口等她。从早上等到午后，她终于出来了。 身边还跟着一个女伴，她分明看见我了，可她扭过脸去只管走路。 我叫她，她不应，似乎没听见。 我像一条狗一样跟在她们后边，走了一条街、两条街，她依然没回头。 我实在忍不住了，跑到她前面，挡住她，问为什么。 她只说：“你没看见我正有事？”她的脸比原来黑了些，还有一点农村风吹日晒的红，但最明显的是冷漠。 看着这冷漠，我的心一下凉了，仿佛一下子进入了雪天。 当时恰好是冬天，只是无雪。 情人脸上的冷漠恐怕是世界上最冷漠的冷漠了。 我这一印象永难磨灭。

看着她们远去的背影，我傻站了半天。 我那时有十八九岁。 从此我知道了爱一个人居然还可以变，恋人居然还会成为路人。 这在我从零岁到十九岁的观念里是绝对没有的。 我那时只认为，爱一个人，就誓死爱她。 两人即便分隔千山万水，爱心也永远不变。

这是我的初恋。

四年之后，一位中学同学给我捎话，说李小媚想见我。这时她已返城当了工人。我那时在钢厂当工人。几年过去，回想往事仍不免伤感。对她的感情虽已不如当年强烈，但还没有完全消失。我约好九天之后同她见面。我那时正准备参加高考，九天之后考试才能结束。第九天晚上，我和她在同学家见了面。那一年我二十三岁。她跟我同岁。她先到的，见了我，她站了起来，想说什么，终于没说出口，背过身去哭了。我心里也发酸，眼泪就流了下来。许久，她才说，她对不起我。我说没有什么。她说："你送我的衣服，我还珍藏着，没有穿过。现在要不要再还给你？"我说："不用了，那是我的一份情意。"彼此又问了一些工作情况，她说："我希望咱们还像以前一样。"听了这话我有些不明白，问她："以前我们有两种情形，一种是相爱，一种是彼此没有来往，是哪一种呢？"我不知我这话是否问得不合适，再后来她不仅没有回答，而且话就不投机起来，结果不欢而散。第二天我又找她，问她我们还能不能再好，她始终不肯回答。就这样又分了手。

两年之后的一个深夜，我突然醒来，觉得心里有一种感情在涌动，提笔就给她写了封信："多少年了，我一直想着你……"那时我正上大学。信发出后，她没有回信。年底我去她家，她不在。我对她家里人说我是小媚的中学同学。她家人说，小媚过两天就要结婚，买东西去了，然后很客气地招呼我喝茶。过了一会儿她回来了，买了好多东西，我向她道喜，她见了我也很热情。第二天我买了礼物，托同学送去。她的婚礼我没去。

几年之后，她生了一个孩子，人发胖了。她娘家跟我母亲家住得较近，回去常能碰见。 有天见她，她跟我说，她丈夫在外边如何如何，如今又要跟她离婚。 她愤愤不平，说当年是他死死追她，她当时拿不定主意，就找我商量，就是我们在同学家见面的那次，结果我们话不投机，她就跟了他，想不到会有今天。 我听了不知该说什么。 后来她几次找我，想听听我的意见。 我说：“从各方面考虑，离婚当然不好。 不过，要是我的话，对方如果已经无心，还不如离了干脆。”她很困惑，说：“离了我怎么办？ 我死不跟他离。”后来果然没有离成。 但两人过得似乎也不好，至少她不那么幸福。 我发觉她精神上多少受了点刺激，因为我发现她的记忆力特别差。 我没有丝毫幸灾乐祸的意思。 见了她我依然觉得很亲切。 当然，那种相恋的爱的感情已经消失没有了。 毕竟十几年过去了。 因此，我也常常怀疑人的感情的持久性。

有次她问我：“你要爱上一个人会不会变心？”我说：“我要真爱一个人，并有幸能跟她生活在一起，就好好待她，绝不会变。”她听了看着远处，很迷茫的样子，说：“我不信世上有这样的感情。”她又问我：“你恨不恨我？”我说：“不恨。”她不信，说我肯定恨她。 说实在的，我不恨她，我也不恨任何人。我想，别人之所以这样那样待我，总有其这样那样的理由。 有些理由或许是迫不得已的。 但我不能说服她。 爱也没有，恨也没有，有的只是老同学的感情。 我突然想起她曾跟我说的，希望我们还像从前一样，我当时只想到两种情形，一是爱，一是不爱，其实还有第三种，就是同学关系。 老同学的关系和感情，最为亲切，恐怕也是最持久的了。

回首往事，我有时想，只有走完全程，才能饱览全部风光，才能把人生道路上的一个个点连接起来，读出它们的意义，看出其中的偶然和必然，领略平淡散漫的生活中所包含的深长的人生滋味。

此情可待成追忆

那是一个冬天的早晨，雪后放晴，课间同学们都跑下楼，到空地上晒太阳。我跑下楼的时候，教学楼南边的那片空地上，已经站满了人。地上积雪很厚，阳光下白皑皑一片，放着刺眼的光。雪地上已经滑出了两条冰道，不少男女同学正在上边溜冰。我站在圈外看。我就是在那时发现她的。那时我正漫不经心地看着那一个一个滑溜而来的同学，突然一眼发现了她。她正滑冰而来。两臂举起，轻轻伸展着，飘然而来，优美得如同仙鹤展翅飞翔一样。然而一刹那间最让我惊叹痴迷的，是她美丽的脸庞。她是那么漂亮呵！脸上还漾着快乐的笑。雪的寒冷冻得她脸色洁白如雪，然而由于她的滑雪运动，又使她的脸颊微微泛红，雪晴后澄澈的阳光照耀在她的脸上，更使她的脸色鲜亮无比。

这个雪冻的美丽，无比强烈地烙印在我的脑海里。

自那以后，在校园里，在匆匆来去的万千的人群中，我的目光总是在搜寻着她。当然，我们即使迎面相遇，也从来没有说过一句话。甚至，没有点过一次头。那时是二十世纪八十年代初期，我二十出头。 我在中文系，她在数学系。

我们在同一栋教学楼，我在这一头，她在那一头。 在同一个宿舍楼，她在那一边，我在这一边。 在同一个饭堂吃饭，男生在这一队，女生在那一队。 每天，时时，相逢相遇，擦肩而过。 她与同学说笑着而来，而去；我目视前方，正襟走过，或低下头匆匆而去。 没有人知道我心中的滚滚惊雷，没有人能理解我心底的阵阵战栗。

那是一个夏天的午后，阳光灿烂，体育课组织同学去游泳。去的恰好是中文系和数学系我们这一级。 那是在邻近的一个工科学院的游泳池。 池水碧蓝。 女生在那一边，男生在这一边。游泳的时候，我注意向那边看。 我看见了她。 她有说有笑的，正站在岸边，跃跃欲跳。 她特别爱笑，总是显得欢乐无比的样子。 她的皮肤本来就很洁白，这时穿了一件色彩鲜艳的游泳衣，衬托辉映下，她的皮肤更加洁白鲜丽。 等她跃入水中再从水中上来时，斜坐在岸边，我望着她的侧影，再一次惊叹痴迷。她是那么丰满，臂膀浑圆，线条优美，浑身散发着一种健康蓬勃的美。 那真是一种炫目的美。 很多年后，我在看意大利雕塑家安·肯诺瓦的大理石雕塑《保利娜·波拿巴·博尔盖塞》时，才又一次找到了这种美的感觉。

那个时候，我常常感到郁闷。 那几乎是一种周期性的心理病症，大约一个星期犯一次。 往往，在周末，这种郁闷的情绪就特别强烈。 我们这个学校，很多学生都来自这座城市，周末，大家纷纷回家或外出，校园里显得特别寂寥。 这个时候，我或者独自待在宿舍，卧在床上，头顶着墙，任思绪漫天飞翔，或者独自游走，我常常漫无目的地行走在校园里的草坪上或林荫道中。我有时也在黄昏时候，穿过别的校园，走到郊野，迷失在那一片密林里。那个时候，也是我精神上最丰富的一个时期。虽然情绪忽高忽低，却常感思如泉涌，脑海中常有万千思绪纷至沓来，心中仿佛受到阵阵袭击似的。秋日的黄昏，我常常凝望着纷纷的落叶，凝视着掠过天际的飞鸟，心潮澎湃，起伏不平。思绪飘忽迅疾，来如行云，去如潮退。

那一个周末的傍晚，我正独自行走在校外的那条土路上，不想迎面碰上了她。她也是一个人，正要往校园里走。我叫了她一声："陈丽。"

我其实早就知道她叫陈丽，还知道她是她们班的文体委员。但是我没有想到我在这里会情不自禁地叫她一声。我为我这一声叫而吃惊。在一刹那间，我甚至怀疑是别人叫她，我向周围看了看，周围一个人都没有。

她停下了脚步，吃惊而警惕地看着我。

我在那一刻，突然感到勇气倍增。我盯着她说："我非常喜欢你。我……"然而不等我说完，她已经慌慌地逃走了。

那以后，她见了我总是低头匆匆走过，我也仿佛做了理亏的事一样，见了她总想躲开。

我的同桌是男同学，姓王，我俩还是一个宿舍，关系非常好，经常在一起玩。女生给他起了一个外号，叫"王半拉"，意思是他只有半个脑袋，另半个脑袋被我操纵着，这是因为她们看到我俩太过亲密，无话不谈，而王似乎总是听我的意见。王那时正倾心于数学系一个瘦瘦的长得很秀气的女生。他是在早上跑步时与那女生拉上关系的。那女生也喜欢跑步。王那时喜欢跟我讲那女生的事。有一次，他突然问我："你喜欢什么样的人？你认为咱们学校哪个女生最漂亮？”那一次去饭堂吃饭，我远远地指着陈丽说：“就是她。”王看了半天，居然大笑起来，说：“就是她啊？”陈丽那时喜欢穿一条裤腿吊得很高的裤子，王觉得怪怪的，叫她高吊裤，并笑话我居然欣赏她。可是过了不久，有天上晚自习，王却严肃地对我说：“我真佩服你。”我问他佩服我什么，他郑重其事地说：“佩服你的鉴赏力。后来我仔细看你说的那女生，确实是非常漂亮，太漂亮了！也可以说是全校最漂亮的。有一种丰腴的美。你这家伙的眼力不同寻常，不愧是美学课代表。”王说我的欣赏趣味是唐代的，我笑说他的趣味是汉代的。王戴着眼镜盯着书，不好意思地轻声说，他跟那女生的关系已经断了，问为什么，他说他后来认为那女生太瘦了。

很久以后，一个秋天的晚上，学校组织了一个报告会，请了外校一个学西方电影的研究生讲电影欣赏。那个时候的影片还不像现在这么多，学生们对电影尤其是西方电影特别有兴趣，所以来听那个报告会的人很多。小小的礼堂里，人挤得满满的。中文系的学生差不多都来了，其他系的学生也来了不少。我进去的时候，看到陈丽也在那里坐着，正与同学说笑着。我就坐在了她的后面一排，差不多就在她的身后。这个研究生很年轻，口才很好，思想解放，他可能考虑到这是一个与大学生交流的公众性的报告会，所以报告没有向高深的学术性方面引申，而是主要讲了一些西方的爱情故事片，从人性的角度进行细致分析。他分析了许多大家看过和没有看过的影片，其中也讲到了那时刚上映不久并给人们留下深刻印象的日本影片《生死恋》。他讲得很深入，也很动情，他在进行细致入微的分析时，还特别善于用诗一样的语言对一些感人的场景进行描绘，让人想象那些动人的情景，很能打动人心。 大家听得如痴如醉，我也被深深地打动了，并且激情难抑。 那个时候天上正下着细雨，我能感到一种秋雨的沁凉，但是我觉得心中是滚烫的，思绪翻飞。 我即席在笔记本上写了一首诗，八行，写完后就勇敢地递给了坐在前排的陈丽。

我看到陈丽低下头飞快地看完了那首写给她的诗。 我本来想着她可能要把那一片纸揉成一团，砸在我的脸上，我那时热血沸腾，正准备着承受这种打击，却没有想到，她回过头来，向我轻轻一笑，那笑中竟然满含着柔情。

这是我们关系发展的一个转折点。

听完报告会后，大家没有回宿舍，纷纷走向操场或教室。雨已经停了，风却依然很凉。 我随着人流向教室走，却见陈丽站在路旁的一棵树下，夜色中，我只看见她的两只大眼睛明亮地闪烁着，满含温柔地看着我，笑意盈盈。 她显然是在等我。 我走到她跟前，她对我说："以前……真是对不起你。"

那个时代，我们这些学生还是非常单纯的。 我和陈丽接下来的交往，一切都停留在见了面友好地点点头，微微一笑。 尽管我对她也充满了浪漫的遐想，但见了面仍然是故作矜持的，一丝不苟，仿佛西方的绅士。

我从来没有找到与她单独会面的机会。 这一年国庆节，晚上同学们都在教室联欢，我心情抑郁，也不喜欢那种热闹，独自倚在教学楼走廊的栏杆上，望着月光下那幽暗的花园。 我知道陈丽她们班也在联欢，她可能还是一个活跃分子。 一会儿，陈丽匆匆出来了，像是要回宿舍取什么东西，见到我，就停下来跟我打招呼，我问她有没有时间跟我单独说一会儿话，她犹豫了一下说，她是班上联欢节目的组织者，离开了不好，不过她可以抽出十五分钟时间跟我说一会儿话，她叫我在楼下的竹林里等她，她取一个东西就来。我们后来就在竹林里说了十五分钟话，她看着表，没有超过一分钟。她走后的整个晚上，我都倚在走廊的栏杆上。这一夜的情景我后来都忘了，多年以后，我已经毕业，在一所中学教书，中文系比我低两级的一个女生，以前我们从来没有过交往的，突然给我来了一封信，写到了那天晚上的我，她的信仿佛一面镜子，可以照见我那时的样子。这个女生是向我表达她对我的爱的，她在信的开头说："在忍受了这么长久的痛苦之后，我的理智和自尊被情感击败了。我为此高兴，也为此烦恼。二十一年了，我的心第一次被人俘虏：那个人就是你。"接下来她写下了她对我的印象："噢！那是怎样的一个十月的夜晚呵！月亮清冷的，淡淡的，教学楼前的花园显得孤寂而又神秘。可是，教室里却是灯火辉煌，音乐飘荡，同学们正在进校后的第二个国庆之夜载歌载舞呢。我因脆弱的神经适应不了那疯狂的舞曲，便慢步来到被黑暗包围的走廊尽头。无意间，我向那边望了一下，顿时愣住了：月光下，你俯身在阳台上，清瘦的脸被来自身后教室的灯光衬得惨白，幽深的眼睛流出一股淡淡的忧郁。这分明是一尊孤独的雕像。我的心一阵颤抖，'天哪，他怎么在这儿'，我忽然感到自己要哭了……自此，我的眼前时常出现了一个孤独的影子和一双忧郁的眼睛，赶也赶不走，我惶恐了……"多年以后，我读着这信，问自己，这就是那一晚的我吗？

我那时其实也是很傲慢的。记得有一天晚上，我正躺在宿舍看书，上晚自习回来的同桌王进来对我说，楼梯口有一个女生要见我，我问是谁，王说不认识，我只当他是开玩笑，没有理他。王急了，说："真是的，人家等着呢。"我半信半疑地去看，果然有一个女生，我问什么事，这女生居然很勇敢地请我跟她出去走一走。我和她在校园里走了一圈，她大约问了我一些问题，我一边走一边自顾自高谈阔论，居然没有看她长得什么样。临分手时，这女生约我星期六下午在旁边的一所工科学院门口再见面，我答应了，届时却去晚了近一小时，没有见到那女生，因而始终不知那女生是谁，长什么样。

只是在这一年的年末，看看快要放寒假了，我想将要有一个长长的假期不能见到陈丽，就约她在一个星期六的下午见一见，地点是学校旁边不远的一个公园。这是我们第一次也是唯一的一次单独约会。因为怕同学看见，没有一起走，约定在公园门口会面。这次约会，我的心情别提有多激动了。那种焦急的期待和莫名的紧张，在我后来的生活中很少有过。碰面之后，我们就在公园转悠。那个公园很小，也没有什么景致，三转两转就转完了。那时已是冬天，天气非常冷。我们转了一会儿，就坐在冰凉的石头上说话。我那时还很拘谨，坐得离她远远的。唯一能表达我的热诚的，是我来时买了一些水果糖，我在坐下后就从口袋里掏出来一大把，塞在她的手上，让她吃。我们就在那个四周开阔的公园里，忍受着呼啸的西北风，一边吃着糖，一边说着话。当然，那是不能久坐的。很快，她就说要回去了。走的时候，仍然是分开行动，她先走。我等了一会儿，才慢慢地走了。

春天再来的时候，我们已经临近毕业。五月里，进行毕业实习，我被分到本市一所中学实习。 这所中学在东门外，过去是一所教会女中，中西结合的校舍，布局优雅，到处是花园。五月正是春深的季节，满校园盛开着玫瑰和丁香，香气四溢。整日沁在这花香之中，人心也鼓荡起来了。 一个雨天的夜里，我躺在铺上读一本描写爱情的西方小说，同学们也都在灯下看书，风从花丛中吹过，把花香送进屋内。 我在花香和雨气的迷醉中，因读书引起的遐想，突然生出一种忧伤。 我放下书，默然半晌，心中有一种深深的怀想。 我就在灯下给陈丽写了一封长信。 数天后，我收到她的回信。 星期六的中午，我去学校。我那时兼任实习点通讯员，受命写了一个实习消息，要送给学校。 进校门的时候，我看到一位女士骑着一辆小自行车，也进了校门。 我之所以对这位女士注意，是因为她骑的车看起来很小，像一个玩具。 那时这样的小车子还不多见。 而且，她昂首挺胸、一本正经的样子，也使我产生了一种矫揉造作的滑稽感。没有想到，后来我和陈丽在校门口见面的时候，陈丽的身边竟然跟着这位女士，女士见了我还彬彬有礼地点了一下头。

出了学校，我和陈丽走在前边，陈丽给我说，那女士是她的表姐。 我听了她的话，对她的表姐并没有在意。 事实上，我后来对她的表姐也一直没有在意，即使在陈丽告诉我她准备把她的表姐介绍给我的时候，我仍然没有认真看她的表姐一眼。 她的表姐给我留下的唯一印象，就是那个小轱辘车子。 我一边走，一边给陈丽讲我实习的情况，陈丽则笑着一言不发。 我们走到碑林博物馆门前的时候，陈丽告诉我，她的表姐想找一个大学生做对象，她想把她的表姐介绍给我，接着她讲了她表姐的一大堆好话。 我听了感到很诧异，今天本来是我们信中约好的见面的日子，陈丽居然带了一个表姐，我一直觉得多余，但总以为是她想带一个陪伴的，没有想到她还有这样的居心。

我告诉陈丽："我爱的是你。"

陈丽说："可是我毕业了不能留在这里，我是要回福建老家的。"

我说："那又怎么样？我爱的只是你。我没有想过别人。"

陈丽很耐心地劝我："我知道你的心。我也认为你很好，所以我才把我的表姐介绍给你。我是替你着想。因为我没有办法留在这里，我们全家都要迁回福建的。"

她告诉我，她的父母一直准备回福建老家，就是在等她毕业。现在已经把回去的事基本办妥了。

我义正词严地告诉她："我找的是爱情，而不是对象。"

陈丽看着我，没有作声。但她似乎并没有听懂我的话。

我其实从一开始，就对我和她的未来没有深想过。实际上是没有抱任何希望。我一直只向她表达我的爱，而不言及其他。毕业后的去向，我和她也从来没有谈过。只有我明白，在我的意识深处，爱情和婚姻是分离的。在我爱过的极个别女性中，我从来都没有深想过婚姻问题。这并不是说我只想恋爱而不想结婚，绝不是的，我只是认为，要能与一个自己心爱的姑娘结婚，那简直是不可企及的梦想，是白日做梦。准确地说，不是不想，而是不敢想。有时候，这个念头也朦朦胧胧出现过，但在我的心里深处，总觉得那是一个远在天边的东西。我总认为，婚姻远比爱情复杂，从爱情到婚姻，其间还有一段遥远的路程；而且，世间所有真正的爱情，都是一种单相思，或带有单相思的性质。 我不知道从什么时候起，我居然有了这样的大彻大悟。 我也不知道，这是由于我的悲观，还是由于我的清醒（或者是糊涂）。 即使是爱情，我也总是停留在表达的阶段，不大想更进一步地发展。 在我真正深爱的女性中，我几乎连她们的手都没有碰过。 我的爱情似乎带有柏拉图精神恋爱的性质。 我并不想把我说成圣人，不。 我当然有凡人的欲念，否则就是一个不正常的人。 我只是认为，真正的爱情应该是纯洁和神圣的。 人在对待他自认为是圣洁的事物时，总是虔诚的，不生杂念的。 我也是如此。

在那个下午，我和陈丽，还有她那个表姐，穿行在碑林之中，抚摸着那一块一块冰冷的石头，我觉得自己仿佛穿行在历史的黑暗隧道中。 那碑上所记载的人和往事，早已灰飞烟灭，只留下了一行行冰冷的符号。 我相信，游走在那里的客人，只会对那些符号感兴趣，而不会真正从心里去关心那些符号所记载的活泼的生命，和那些生命所做过的事情。 我慢慢地行走在碑林之中，给陈丽，还有她那个表姐，讲解着那些符号。 我也只是认识那些符号而已。 陈丽微笑着，听我讲，她的那个表姐，也听着，聚精会神的样子，时不时还点点头，显得若有所思，并摸摸那些符号，仿佛要在其中找到什么。

几天之后，陈丽给我来了一封信。 那时节，满校园的丁香和玫瑰，正在春尽夏来的风中纷纷飘落。 她说她的表姐非常喜欢我，问我对她表姐的印象。 我给她回了一信，说：“我只爱过你。”

后来就毕业了。 我再也没有见过陈丽。 现在回想起来，在临毕业那一阵忙乱的日子里，我似乎也没有见过她。 真的没有见过吗？ 同在一个学校，想起来有些不大可能。 但确实是一点印象也没有了。 无论我怎样费力地在记忆中搜寻。 甚至，也没有毕业的分手告别。

很多年后的一天夜里，大约是一个冬季的夜里，我突然从梦中醒来。 窗外正飘着漫天的大雪，我呆坐在那里，心中有无限怅惘。

寒山僧踪

终于闲下来了，在一年的终了。

有朋友提议，去净业寺吧，多次说去都未成行。想想，是应该去了。不仅说了多次，而且说了多年。

早上从城里出发的时候，天气有些阴。午时进山，天上飘来了几星雨，落下了几粒霰。

入终南山沣峪不远，就到了净业寺。净业寺主要建筑在山上，山下新建了一个山门，门额“净业寺”三字为南怀瑾所题，楷书。蜿蜒而上的山路，也多是新修的。石条铺路，倒也好走。但我好久没有上过山了，近年来也缺乏锻炼，没走多远，就觉得累。问来过多次的朋友仵埂，还有多远。仵埂叉腰立在上边山岩上俯视着我说，不远，你这样的速度，最多一个小时就到了。上山的路，每走一段，就能看见路边立一木牌，上边记着一则佛禅故事。行人一边歇脚，一边阅读，也许有所觉悟。

半山上，看到一个佛说放下的故事：有一个人寻求解脱，就去拜佛。佛对他说：“放下。”他放下了左手持的花。佛再说：“放下。”他又放下右手持的花。佛还说：“放下。”他说：

“我已两手空空，没有什么可以再放下了。”佛说：“我并没有叫你放下你手中的花，我要你放下的，是你心中的欲念和执着。当你把这些放下，你将从烦恼和痛苦中解脱出来，体味出生活的真意。”

读了这个“放下”的故事，我再一次细想人和放下的关系。很早的时候，就听过一段佛语，曰：看破，放下，自在。

可是，人真能放下吗？ 比如事业，比如感情。 不要说放下，就是断一个念头，都是难之又难啊。 断念如移山。 而移山易，断念难。

儒家讲承担，佛家要放下。 人到底是应该承担，还是应该放下？

忙了一年，其实何止一年，是一年又一年啊。 忙，其实是在承担。 承担责任，承担道义。

如今走在这上山的路上，朝佛的路上，佛又要放下。 放下也好。 放下了也就闲下了，就像今日这样。 闲下了也就轻松了，轻松了也就自在了，自在了眼界也就宽阔了。 不再烦恼，不再痛苦，也不再疲惫不堪，累得要死。

可是，真能做到长久放下吗？ 我想，不能。 至少，我不能。 或者，现在不能。

承担是有道理的，放下也是有道理的。 看你选择什么，看你此刻选择什么。 此刻我选择了放下，并不等于我明天还能放下。 我今天放下了，我明天则必须承担。 我明天承担了，我后天也可以再选择放下。 承担，放下；放下，承担。 周而复始。这也许就是我的命，我们的命？ 光有承担，身和心都有受不了的一天；只有放下，也会觉得生命有不能承受之轻。

这样想着，不觉间就到了山上。

上了一个平台，迎面一个大殿，门上方悬一匾额，上书“以法护法”，行楷，有些拙笨。进了院子，里边并不很大，道旁挺立一棵大蜡梅树，繁花满枝，开得正灿烂。边门里有一石碑，不大，上书赵朴初题字“律宗祖庭”。时值年终，寺内几无游人，甚是清净。仵埂说去客堂，看他熟识的一个知客僧在不在。他去找人，我在门前闲看。客堂门两边有联，道是：归山来清净如斯，出门去悠游若云。意思好，书体也清逸洒脱，我很是喜欢，看了好一阵子。心想，心静如水的高僧出门去可能会悠游若云，我等在红尘中摸爬滚打，悠游若云只能是想象中的事情。正想着，仵埂来叫，说他认识的那个知客僧恰好在，请我们进去。客堂右首有一个推拉门，门首立着一位清瘦的僧人，仵埂介绍这是天律师父。我合十礼敬，天律把我们迎了进去，里边却是一个地炕，上面铺了褥子，中间放了一个小炕桌，有几位先到的客人正在喝工夫茶，看来跟天律很熟。我们坐下后不久，先来的客人起身走了，我们就和天律闲聊起来。

窗台上置了两个瓶子，一个开片瓷梅瓶，一个普通的玻璃瓶子，一大一小，里边各插了一枝蜡梅，室内就有暗香袭人。天律背对窗户光，盘腿端坐，瘦脸灰衣，俨然魏晋僧塑。他不时把壶沏茶，面带微笑，跟我们讲这两天寺里的礼佛活动。我注意到他眼不斜视，目光澄澈，不慌不忙，话语得体，感觉是一位很有道行的僧人，亲切，也很可敬。我们啜着工夫茶，随便地聊着，寺里寺外，山上山下，丛林清规，红尘现象，话像一段云，随意地飘着。话说深入了，天律说到他现在的心境，心中也许还有所想，但已不为执着所苦，也乘公交车入城，看见灯红酒绿的市声，能以微笑视之。

这种饮茶说话的清静与清闲，在我，是许久没有了的事。不觉间，已是下午三四点。我提出到寺中再看看，天律就导引着我们转。来到一个石洞前，洞边石岩上有一细流蜿蜒而下，洞前有两条狼犬守护，我问里边可以看吗，天律说，可以，里边是该寺的圣地，律宗的祖庭。我们进去，拜了供在洞中的律宗祖师道宣律师。又到崖畔的半山亭坐了坐，看了看远山。这里很险，亭悬半崖，下面即是万丈深渊，但视野却极为开阔。我看着远山，忽听山下隐隐有呼叫声一呼一应地传递上来。我身边的天律也呼叫着应答。我很是奇怪，问这一呼一应是干什么，天律笑答，本如法师回山来了。后来转到一间宽大的客房，临窗有一画桌，上边铺着宣纸，仵埂谬赞我书法如何了得，天律就请我留下墨痕。我提起笔，写道：选得幽居惬野情，终年无送亦无迎。有时直上孤峰顶，月下披云啸一声。书后题字：丙戌岁末书唐人李翱诗于净业寺。

仵埂说，山上还有一个白居易的衣冠冢。白居易曾任秦岭北麓的周至县尉，当年足迹遍及终南的山水。白居易亦曾皈依佛门，号香山居士，他的衣冠冢为什么置于这终南山的净业寺，至今无人可解，但可以肯定，他与净业寺有着不同寻常的关系。因时间关系，我们没有上去看。

天色向晚，我们准备下山的时候，下了一点雨。是雨，不是雪。我在院子里站着看梅花，那里有一树梅花，蜡梅，开得正好。这时候我看到一个人，矮矮的个子，戴了一副眼镜，肩上还披了一个披肩，灰灰的颜色，跟古代——大约是晚明那个时期的山水画里边看到的山中隐士那样的一个人，风尘仆仆地走进寺来。 仵埂说，这就是本如法师，他随即过去与本如说话。 在客堂喝茶时，听天律说，本如法师云游去了。 问去了哪里，天律笑说，云游就是像云一样在天上飘，风吹到哪个方向，它就飘到哪个方向，不知道什么时候走了，不知道什么时候就回来了。我对本如早有耳闻，听说他对佛法深有研究，也云游，也闭关，也与南怀瑾对话。 这样的一个僧，不是一般的僧。 仵埂是西安音乐学院的文学教授，也很有学问。 仵埂说，本如法师，能否请你在你有时间的时候，到我们学校去给学生们讲一讲佛的道理？ 本如呵呵笑着，说：“佛的道理，是能讲的吗？ 那是需要体验的啊。”

一边看梅的我，听了深有感触。 佛的道理，不是讲出来的，要体验，要在体验中领悟。 人生的很多道理，不也是这样吗？

仵埂介绍我和本如认识，我向本如合十，没有说什么。 本如也向我合十，没有说什么。

下山的时候，仵埂说，本如还住在山的上头，他在那里修行。 我向上看，唯见那里一片苍翠。

看云如何变成雨

那一年岁末，我上山去了一回净业寺。那是忙中偷闲的一个日子。山上的清净，知客僧天律的工夫茶和时有时无的闲话和禅语，给我留下了清淡然而却是隽永的印象，一如山寺中那株蜡梅的暗香。在后来的日子里，常常，我会停下匆忙的脚步，眺望南山，忽有所思。

在山上，在净业寺，住上一两天多好啊。

我身已俗，我的心却还在远方。

终南山，是一个高度。一个地理上的高地，也是一个让人精神不甘沉陷的高地。

机会终于来了。秋天，长假里的一个日子。

进山的时候，天阴了起来。下了车，一阵阵蕴有湿意的薄雾扑面袭来。呵，多么清新的空气。

我们一行四人。

快到山顶接近山门的时候，同行的朋友惊喜地对我说："快看，看云是如何变成雨的。"我向头顶看去，漫天的乌云翻卷着，流动着，像墨洇在纸上，散在水里，飘忽舞动，变幻无常。

眼前，则是氤氲的湿雾，若有若无。 湿雾涌到脚面的时候，已经化成了雨丝，千针飞，万线舞，横穿着，斜织着，看得人眼花缭乱。 雨丝越过脚面，互相纠集着，呼朋引伴，迅速膨胀成大大的水珠，漫山遍野，向山下呼啸而去。 美得惊心动魄。

风起了，云散了，雨落了。

云在这里变成了雨。

在这个高度。

我呆呆地看着，看了许久。

是第一次看见云如何变成了雨。

进了山门，我们先到客堂去找知客僧天律。 却被告知，天律已经下山还俗了。 我们见到的是一个面生的知客僧，很年轻。 他说的时候，听得出来，多少有些不屑或者气愤不平。

天律还俗了，这是我没有想到的。 去年来的时候，他还在说他在山上是如何气静心平呢。 不过，想想，下山也罢，还俗也罢，也是正常的啊。

我们继续往上面走，天气更阴沉了。 雨也越下越大了。 秋雨中的净业寺，更像个寺院，冷寂，凄清。 上到方丈的院子，方丈站在门前正在看云，天律当时曾介绍我们见过。 方丈邀请我们到他的房间吃茶。 这是一个木屋，三面玻璃门，隐隐可以望见外面的山和云。 方丈法号圆缘，医学博士出身。 屋里是榻榻米形式，地上铺着厚厚的褥子，我们席地而坐，品着热茶，说些闲话。 话题说到天律，圆缘法师笑着说，上山是缘，下山也是缘啊。

一句话，倒把许多问题说透了。

我本来打算在山上住上一两个夜晚的，后来也没有住。

我们也下山了。

冬天的一个夜晚，我收到天律发的一个短信，道是：

心不妄念，身不妄动，口不妄言，君子所以存诚；内不欺己，外不欺人，上不欺天，君子所以慎独；不愧父母，不愧兄弟，不愧妻子，君子所以宜家；不负天子，不负生民，不负所学，君子所以用世。

天律短信所言，见于李叔同说佛。

蓝溪先生谈佛

蓝溪先生与几位友人游一寺院，累了坐在树下闲谈。几位友人第一次进寺院，甚感新奇。

蓝先生介绍该寺的概况后与友人说起了佛。他说：佛对世界的认识，不是唯物的，也不是唯心的。佛不讲“第一因”，唯物主义、唯心主义都讲第一因，认为世界起源于某一物质或某一神、某一理念。这样，人就还要穷究这第一因是怎么来的，第一因的背后是什么，这样穷究的结果是无法穷究的。佛讲“缘”，认为世界上的万事万物都“因缘而生”，“缘尽而灭”。

蓝溪先生说，从佛的角度看，人与人的“聚”与“散”，是一种“缘”，所谓“有缘千里来相会，无缘对面也难逢”。一个人与一个人相爱了，这是“有缘”，尔后又分手了，并不是说俩人无缘，而是“缘尽”了。

友人对佛知之甚少，听了却都感觉很有道理，纷纷点头。

蓝溪先生又说：信佛的人有许多戒律，但佛主要有三戒，这就是戒贪、嗔、痴。蓝溪先生的女友亦在座，蓝溪先生笑看对她说：“你太过爱我，只想把我拥为你一己之有，这是贪；我对你稍有照顾不到，你就生气，这是嗔；你用情太深，这是痴。刚好犯了三戒。”

女友说：“如果我把这三戒都戒了，咱俩的缘分也就尽了啊！”

蓝溪先生无语。

巢内人生

人其实是生活在圈子中的，生活在一个或大或小、或简单或复杂的圈子之中。

家庭是一个小圈子，朋友是一个小圈子，这是与个人私生活关系最密切的两个最基本的小圈子，也是最能反映一个人本来面目的圈子。 工作是一个涉及面广但空隙很大的圈子，交游也是一个涉及面广而空隙很大的圈子，人在这两个圈子中生活是要戴面具的。

这许多的圈子形成一个人的生活圈。 生活圈的边缘当然时有改变，但大体上有一个定位。

圈子是一个巢，人给自己构筑的巢。 人也精心地经营着这个巢。

人在巢内生活感觉亲切、舒坦；人一离开巢，虽也有一时的新鲜感，但总感觉有异己的力量存在，总有与外界格格不入的东西，感觉不大舒适。

巢给人培养了很多习惯，自然也养成了许多毛病。

巢培育着一个人，滋养着一个人；也限制着一个人，扼杀着一个人。人有惰性，人喜欢在熟悉的圈子中生活，圈子中生活习惯成自然，感觉轻松；但人在圈子中会放松自己，关闭很多生命的触角，人在圈子中生活久了会日渐麻木，丧失活力。人总感觉离开巢飞向远方是把握不住的，是冒险。人无论走多远，最终还是要回到老巢来的。

巢是人固执的向往。

人在巢内安然无恙地生活着。尔后渐渐老去。

当然，也可以给这个巢凿一个洞，撕开一个口子。由自己，或者由风。这时，就会有另一番景色出现。

对　云

向晚意不适，驱车到山中。仰卧在一片开阔的草地上，看着天上的流云，本来郁闷的心，忽然间像那被风撕散的云，露出了深蓝的天，有些开朗了。山，树，云，天，似乎有沁人心脾的功用，让心情一下子舒畅起来。这个时候，我忽然有些明白，山间，绿树，流云，高天，这些眼前的景象，其实不是外在于我的物象，而是自己的心理物象和心理空间，是一种心理的需要。就像有洁癖的人一样，他对外在空间的洁净苛求，貌似对环境的要求，其实是一种心理秩序，不洁心不宁，不净意不畅。

人是会说话的动物，因此每一个人都有诉说的愿望甚至是渴望。年轻的时候，总想把心事诉说给朋友听，随着年岁的增长，尽管内心诉说的愿望仍然很强，但向外人包括向朋友诉说的愿望与日俱减。不是有了不可告人的秘密，而是不想说了。向谁说？说什么？为什么要说？不说也罢。天何言哉，天何言哉！这是典型的心理活动。可是，看见了流云，它在你的头顶，徘徊来徘徊去，去而复回，似有不舍之意，如有顾盼之情，就想对流云说些什么。山中何所有，岭上多白云，只可自怡悦，不堪持赠君。 云，像空谷幽兰一样，其实是君子中的君子。 我对云说，云向我言，而后风流云散，真是君子之谈。

天命日迫，天命为何？ 天意高难问。 总是在忙，总是忙不完；总是在烦，烦总是难断。 事如牛毛，烦如流水。 抽刀断水水更流，举杯销愁愁更愁，古人早有体会。 总想周全，总有罅隙；总想完美，总有抱怨。 月有阴晴圆缺，人有悲欢离合，此事古难全，先贤早有感言。 忙什么？ 忙事，忙功，忙名，忙利，忙得一塌糊涂，忙得忘乎所以，忙得焦头烂额，忙得面目模糊——自我迷失，本性难觅。 你忙什么？ 因忙而烦，烦后再忙，你忙什么？ 自以为是开天辟地，自以为是拯救世界，自以为是广结善缘，自以为是培育佳果，脑后却有人断喝：你其实是贪婪！

我是敬佛的，佛说，要戒贪。 我贪吗？ 如说不贪，人家为什么说你贪？

云是自在的。 风说往哪里走，云就随之而去。 云随风，风从云，风云际会，云风缘深。 人是不自在的。 人是随着欲望走的，或者是向着信念走的。 形而下是欲望，形而上是信念。 其实，人更多的时候是被环境左右的，是被处境所驱使的。 做一个自在的人，如说要让人像云一样，可以随风飘来飘去。 风无欲望，也无信念，风是任性的，它可以率性而为。 人能像云吗？ 不能。 可是流云分明是自在的，它以它的自在告诫你，不要执着。 佛也是不赞成执着的。 执着苦，执着累，执着吃力不讨好，就是执着到冥顽不化的地步也并不一定能达到目的。 执着什么？ 有什么必要执着？ 能不能歇下来？

流云无语。流云风流四散。山绿得深沉。暮色渐升。起风了。

我还在山上。 相看两不厌，只有终南山。

俗人·真人·道人

世上有三类人，一是俗人，二是真人，三是道人。

俗人的生活以追逐功名利禄为目的，整天讲求吃喝玩乐，终生追慕荣华富贵。俗人可能是贩夫走卒，引车卖浆者流，亦可以是达官贵人，画家文人。若问俗人者谁？举目皆是。俗人蝇营狗苟，以活着为主要目的，以享乐为首要追求。俗人终生奔忙、挣扎于俗世那一片一望无际的烂泥之中，不得超脱，亦不想超脱。

俗人服从权杖，听命于金钱。金钱与权杖是指挥俗人无所不往的两根指挥棒。

真人是有真性情之人，他们对名利之事往往不太在意，而更看重友谊与爱情。一块金子他可能视而不见，一个美人的回眸一笑却能使他丧魂失魄。真人一天以交友为乐，一生以有一异性知己为最大快慰事。真人为了感情上的事可以不顾一切，俗人则对不切实用之事不屑一顾。真人是艺术化的人，他可能不懂艺术为何物，却完全生活在一种艺术的情境中。真人也许终生身陷滚滚红尘之中，灵魂却永远飞升于九霄之外。无故寻愁觅恨，有时似傻如狂；富贵不知乐业，贫穷难耐凄凉；潦倒不通世务，行为偏僻性乖张，正是真人的绝妙写照。

真人辄被情所左右——他人的情，自己的情。

道人以问道、求道为人生鹄的。道人常是一些先知先觉者，却偏有很多的大疑问，大疑惑——对这世界，对这人生。道人的“疑”更多于“知”。道人可能是一些科学家、哲学家，也可能是一些宗教信徒，亦可以是隐于民间的散淡之人。道人穷其一生，也许只是为了探明或想明一个道理。

道人只听命于天——自然或上帝。

俗人泥于事，真人拘于情，道人行于理。

世上之人，真人可能也是俗人，道人可能也是真人，但俗人却不可以兼得真人，绝不可以成为道人。此理正如天鹅可以落地行走，而田鼠绝不可以飞天一样。

在这世上，俗人是常人，真人是怪人，道人不是傻人就是疯人。

跋涉千里，不远万里，俗人是为了升官发财，真人是为了约会访友，道人只是想看个究竟。

在这世上，俗人最快乐，真人最幸福，道人最明白。

寻找幸福之门

在静夜，在遭到挫折的时候，在忙忙碌碌的间歇，心常常迷惘，就暗自追问：

人生有没有幸福？ 有没有永恒的幸福？ 有没有终极的幸福？

幸福是什么？ 何处是幸福之门？

有一年我去山东，独自一人登泰山。 我从山脚下爬起。 路上见到许多挑夫，有男人，也有女人；有壮汉，也有老人和十多岁的少年。 同是上山，两手空空的游人爬得气喘吁吁，挥汗如雨，而泰山挑夫的肩上却是一副沉重的担子，每行一步，汗如雨下。 我问自己，泰山挑夫有没有幸福？ 他们的幸福是什么？

这个问题长久地困扰着我。

在我居住的街口，有一个钉鞋姑娘，十八九岁的样子，乡下来的，很纯朴，每天坐在街口钉鞋。 冬天也坐在街口。 来得很早，回得很迟。 有一个雪天，我路过街口，看见她仍坐在那里，没有一个顾客。 这一天很冷。 寒风刺骨。 傍晚，我路过那里，钉鞋姑娘依然坐着。 依然没有一个顾客。 姑娘的脸冻得红红的，但她没有丝毫的沮丧，一双眼睛温和地看着行人，很耐心地等待着。我走远了回头再看，空荡荡的街口，唯有钉鞋姑娘坐在小凳上孤零零的身影。这情景给我的印象极深，我很感动。我感动的是，在这个投机取巧风行的时代，一个年轻的姑娘却能不辞劳苦，坚定地靠劳动谋生，而且很讲信誉。风雪天在没有顾客的情况下，她依然坚守自己的摊位，这其实是在告诉居民和行人，什么时候她都在。这也是一种敬业精神。不论什么工作，不论是长期还是临时，只要干，就始终坚守自己的岗位，孜孜不倦，不辞辛劳。这样的人确实不太多了，尤其是在年轻一代中。我又想，钉鞋姑娘一天甚至一月靠修补烂鞋挣的钱，甚至抵不上那些与百万富翁出入的女士身上一滴香水价值高，那么，钉鞋姑娘有没有幸福？

如果有，她的幸福是什么？

如果没有，那么靠辛勤劳动谋生的芸芸众生岂不是太悲惨了？

这个问题长久地萦绕在我的心头，并时时困扰着我。

有一年我从汉水边归来，要翻越秦岭。汽车爬行在山路上，路旁有无数美丽的野花，许多我都没有见过。当我极目向远山深处眺望时，忽然想到，在那些人迹不至的深山老林中，一定还有许多美丽的花，这些花年年开放，没有人欣赏，它们是为谁开的？路上仔细一想，觉得这其实是一个很简单的问题，花就是为自己开的，它们的美丽与否其实与人毫无关系。它们有自身存在的理由，它们绝不以人的意志为转移，它们并不是为了叫人欣赏才开放，也并不是为了被人称赞才美丽的。花开花落，花的大红大紫或是浅黄淡蓝，都有它自身存在的理由，也全是它生命的需要。人对花来说，仅仅是一个旁观者，甚至连旁观者都不是。

当我想到幸福这个问题时，我就会联想起那些花。我想，一个人幸福与否，也全是一个人自己的感受。别人认为某人幸福，他未必就感到幸福；同样，别人认为某人不幸福，某人也未必不幸福。

幸福也是因人而异的，各人有各人的幸福。大人物有大人物的幸福，小人物也有小人物的幸福。幸福不仅仅属于少数富豪。

对一个饱食终日的人来说，他的最大幸福恐怕是一个意外的艳遇；而对一个在黑暗中行走的人来说，一个有灯火的可以歇脚的地方，一杯热水，可能就是他所渴望的最大幸福。一个无所用心的人根本无法理解一个热爱工作的人在完成一件工作后的那种幸福感。同样，一个整日为人当牛做马的人，一个每天奔走在尘嚣之中为衣食谋的人，也无法想象那些腰缠万贯的人在纸醉金迷中获得的快感与满足。

对幸福的感受往往伴着对痛苦的体验。没有深刻的痛苦就无法体验幸福的巨大；没有久别的痛苦就不能想象一次简单的重逢会给人带来多么巨大的欢乐；没有经历过在沙漠里跋涉千里忍受极度干渴的痛苦就无法体会到一滴水的甘甜。

一个整日忙于挣钱，后来累坏了身体而住院数月的年轻朋友说：人可以没有钱，但不能有病。住在医院时，他感到人生最大的幸福莫过于能像健康人一样过日子，每天不吃药不打针，而是吃上可口的家常便饭。他感慨地说，这个时代有许多人哪怕染上艾滋病也要挣钱，挣钱成了生活的唯一目的，仿佛有了钱就有了幸福，钱越多幸福也就越多，其实有了钱并不等于有了幸福。

第二次世界大战的时候，不少好莱坞的著名演员自愿放弃优厚的生活待遇，离开安全舒适的环境，奔赴战争前线，不惜牺牲生命为正义而战，你不能说他们就不懂得幸福，没有幸福。

幸福是一种感觉，一种切身的体验。 有的时候，哪怕你正在受苦受难，但你感觉幸福你就是幸福的。

幸福之门其实就在自己心中。

城市：眺望与遐想

乡村情结遮蔽投向城市的视线

我在西安这座城市已居住、生活了二十四年，但我从来没有把这个城市作为认识对象纳入我的视野。这使我惊奇。关于这个世界闻名的历史名城，我只有一些散碎的印象，而缺乏完整的认识和深入的了解。对自己所生活并与自己生活息息相关的外部空间缺乏相应的认识，这是不应该的。

仔细检讨，我发现是我身上过于浓厚的“古典情怀”与比较强烈的“乡村情结”妨碍了我对城市的认识。我太喜欢风光如画的自然景色，喜爱舒缓、平静的乡村情调，而对都市尤其是现代都市感应、感知不够。在深层情感上，我对都市的东西是拒斥的；当然，意识深处，对都市也有恐惧感。都市似乎不属于自己。

与十来岁二十来岁的年轻一代比，我不能像他们那样如鱼入水般融入城市。对城市，虽不能说格格不入，但确实有隔的地方。我至今仍不大习惯歌舞厅那嘈杂的环境，出门总喜欢找一块有草有树的地方坐坐。

这些情绪遮蔽了我投向城市的视线，使我目无所见或熟视无睹。

我意识到我必须认识城市，特别是我居住的这个城市，我必须接近它，甚至走进它的深部。

我清醒地认识到，我是带着“乡村情结”来打量现代化城市的，而且，西安这座城市骨子里是一个古城，古典韵味、乡情乡俗流淌在它的血液里，它是一个城市化的村庄，而我要着力寻找的是它属于城市的东西，特别是现代的气息，进而发现一些什么。这样，由于主客观的原因，我可能走进些误区。

我想这不要紧。重要的是我将能看到什么，感受什么，和想了些什么。一切都是我选择的结果。

古城墙上望古城

我喜欢站在古城墙上眺望。眺望这座城市——那些混凝土建筑丛林；也眺望远方——那南山，那乡野。

十四岁的时候，我进入这座城市。中学时期，我几乎天天都要上南门旁边的城墙玩。那时候城墙还没有整修，随处可上。城墙上长满了荒草，有一种凄迷和颓败的美。城河也没有整修，水虽混浊，但夏天还常有人在里面游泳。那时的印象，城里是一片高低不平的灰色瓦房，没有什么色彩，而远方明晰，视野开阔。雨后初晴，远山如洗，近在眼前。秋天，我常登上城墙，远望大小雁塔，或躺在一块条形的白石上，看天上的淡云和南飞的群雁。记得十七岁那年，我们在渭河边上的草滩农场学农，我因读当时所谓的禁书与带队的人发生了矛盾，我负气而还。阴历八月十五的晚上，我就躺在城墙顶的石条上，沐着秋风，望着在云里穿行的圆月，一个人待到后半夜。而雪后望南山，确能深深地体会到唐时人说的：“终南阴岭秀，积雪浮云端。林表明霁色，城中增暮寒。”

古时空气澄澈，视野明晰，长安城里的人很爱望山。唐人贾岛在其《望(终南)山》诗中就说：“日日雨不断，愁杀望山人。天事不可长，劲风来如奔。阴霾一以扫，浩翠写国门。长安百万家，家家张屏新。”久雨初晴，终南山翠色欲流，长安百万家，家家门前好似张开了一面新崭崭的屏风，真是好看极了。由此也可见那时居住在城里的人与城外、与山野的关系是多么亲近。现在，远山是望不见了。一是南边盖起了丛林般的高楼，遮挡了视线，二是天比过去灰暗了，什么也望不见，望不见山了，山也就对城里的人不产生影响。城里的人现在不想什么山，而喜欢黑夜。夜里或者躲在家里看电视，或者在歌舞厅闪烁迷离的灯光下游移。现在也没有“家家张屏新”的景象了，有的只是座座高楼上的玻璃幕墙闪烁着刺眼的光芒。

城市与乡村

乡村是自然的，而城市是反自然的。高度城市化的结果，就是越来越远地疏离自然。当然，在某种程度上，反自然正是人类社会得以存在并发展的必然代价。从乡村到城市，这是人类文明发展的不同阶段。第一代优秀的人类，他们是农业文明的创造者；第二代优秀的人类，则是擅长建造城市的动物。 但是，人类的天性是追求自然的。 人本来就是自然的一分子。

所以，居住在城市的人往往有被困在牢笼的感觉，犹如鸟丧失了蓝天和森林，被养在金丝笼里。 城市里树木很少，更没有森林，城市有的，是混凝土建筑丛林，无数的人就栖居在那些笼子一样的方框里。 压抑和窒息的感觉油然而生。

然而，空间越是狭小，人的欲望越是膨胀。 城市是一个发酵欲望、膨胀欲望的地方。 在城市，享受和攫取的欲望比乡村强烈百倍，因为城市每时每刻都面市着潮水般新鲜好用而又赏心悦目的物质，同时也给人洞开着种种享受的方便大门，这些物质能刺激人的所有欲望，这些方便之门能激发人深层的窥探欲望和冒险欲望。

城市是一把双刃剑。 现代城市的商业文化属性，一方面使它冲淡了门第、家族的制约，使人们获得了更大的自由、平等和民主；但是另一方面，城市，尤其是大城市，人们的价值观念更趋向于理性化和实利化。 商业化原则是利益驱动原则，商业化城市的人际关系基本上是利益关系，人际关系变化和转移的准绳是利益和金钱。 乡村式亲切微笑的面庞，在城市开始变得遥远而模糊。 于是，人们也便分明地感到城市的残酷和薄情。 城市里的诸多现代化便利和全球化联系，既给人提供了发挥人创造才能的诸多机会，也把人捆绑在社会大机器飞速转动的齿轮上，使之无法自拔而身心疲惫，麻木不仁。

场景变换对生命的意义

城市是一个封闭而又变幻多样的空间。 城市中的人可以长期地生活在一个较固定的空间，也可以经常地变动自己的生活空间，这完全视个人的性格、兴趣和能力而定。应该说生活场景的适度变换会对人的精神生态产生良好的影响。如同空气需要对流一样，生命也需要变换空间，精神需要交流。固守一隅，一个人往往变得视野狭小，变得枯燥无味，精神会萎靡不振。而在现代城市，其便利的交通，发达的通信，也为人际的开放式交往提供了诸多便利。城市是由许多区块构成的，如商厦、影院、学术会堂、体育场馆、酒吧舞厅等，这些特定区块都有其一定的行为要求，从而形成了一定的行为模式，城市被分割成许多小世界。这些小世界互相毗连，但却不一定互相渗透。城市中不同的社区，有其不同的文化秩序和道德环境，一个人可以十分便利地从一种道德环境转入另一种道德环境。城市的这种文化生态，可以使生活于城市的人们比较自由地找到某种适合自己的特定空间，找到精神寄托、生命释放的合适场所，找到施展自己才华的领域。同时，这种分割的小世界，也容易造成人格分裂，孕育畸形、病态的城市灵魂。

城市与森林

西安曾是周、秦、汉、唐等十一个王朝的都城，人们常常津津乐道它灿烂而悠久的历史，称赞它往昔宏大的规模和精美的建筑，但没有听说它过去有什么森林。过去皇家注重一些园林的建设，但没有森林意识。中国人虽注重天人合一，讲究天道与人道、自然与人的相通、相类和统一，但往往赋予“天”以品德情感色彩，或尊之若神，敬畏有加，或视之如敌，所谓“人定胜天”“战天斗地”一类，并没有将“天”当作真正的自然，而与之和谐共处。从城市建设来说，我国古代的城市规划和建设，总是重视布局的整一和建筑的气魄，与自然的关系大约只限于皇室为自家建一些园林，但没有草坪意识和森林意识。修建草坪是现代学西方的，人们现在也意识到了植树造林的重要性，但城市里边和城郊目前还少有像样的造林规划和造林行为。有的，则是毁林建楼的举动。西安大雁塔周围原有成片的树林，只是树林，并不是森林，现在也渐渐被蚕食得快完了，而代之以一座座楼房和一个个娱乐场所。是的，树林没有经济效益。在当今市场经济形势下，原有的树林其生存都成了问题，遑论在金贵的土地上再植林？有了森林，就有了鸟，林子大了，什么鸟都有，现在，在城市的天空，还能看到鸟吗？城市现在成了混凝土建筑的丛林，人成了鸟，一窝一窝地栖息在那高高低低的灰色的林子中。

而欧洲的许多城市，如伦敦、巴黎、柏林、维也纳等，城中除了遍布城区的宽广草坪和林荫道外，都有森林。森林构成了城市的一道重要而美丽的风景。绿树掩映着美丽的城市建筑。巴黎郊区的森林和法国文学中描写的发生在那些森林中的故事，令人神往，也令人遐想。近读赵鑫珊写的旅欧散记《莱茵河的涛声》，其中有几篇写德国森林的文章，印象极为深刻。在一篇题为《德国的森林文化》的文章中，他说“中国文化同酒和月亮的关系极为密切，德国文化则同森林有着千丝万缕的联系”，“在德国诗歌和音乐中，月亮、森林、鸟雀和大海都是主角”。他介绍说，今天的德国不仅拥有现代工业和农业，而且林业也十分先进，经营水平居世界前列。其国土面积被森林覆盖的比例约为百分之三十。全国几乎所有的道路两旁都是人造林。行驶在高速公路上，路两旁尽是苍茫的森林和漫山的树丛。这不仅保护了农牧业，维持了自然界的生态平衡，而且使德国变得非常幽静和美丽。尤其是，森林给人的心灵带来了葱葱绿意，能引发诗人、音乐家和思想家的灵感。德国伟大的科学、艺术和哲学传统，往往同德国的森林有着许多内在的气质上的联系。读那些描写美丽森林的文字，让人十分神往，也使人羡慕不已。再想起德国、奥地利那些有森林的城市，夏天的夜晚常举办森林音乐晚会，美妙的音乐加美丽的森林，人在其中，那该是多么美的享受啊。

当然，我更看重绿色的森林对人的精神和气质的影响，对人心灵的某些潜移默化的作用。我相信，森林有澄心静虑的作用，它的无边绿色会使人心产生一种阴凉感，从而使人的心灵安谧沉静，不再焦灼浮躁，而且使人灵感迸发，更富有诗意，更富于创造性。

烟雨张良庙

很难想象张良在这里时的心情。一个人中英杰，在推翻强秦、建立汉家一统天下之后，却放下盖世的功勋，摒弃本来可以享受的世上的一切荣华富贵，来到这大山深处。一切都远去了。只有宁静。两千年前的紫柏山一定比现在更宁静。宁静，而寂寞。

很难想象张良在这里时的心情。

这里的空气太好了。清新，甜洌。这是来自那漫山的苍松翠柏和清澈透亮的溪涧的空气。天空飘着细雨，群山愈发苍翠。我站在张良庙巅顶八角展翅、凌空欲飞的授书楼上，远眺紫柏山雄伟的身躯高高耸入一片苍茫的乱云之中，峰顶云雾滚动，烟雨迷茫，心中不由暗暗吃惊：这山太高，而且树高林密，浓荫森森，清静中透着几分冷幽。

离开热闹繁华的都城，来到这冷幽的深山密林之中，过一种与世隔绝的隐居生活，子房先生能否适应？心中是怎么想的？我一步一步走下盘旋而下的云梯，心中总是萦绕着这个问题。烟雨中的张良庙沉默不语。

我和一大群人漫步在张良庙中，这是一群来自现代都市的文化人，许多人是第一次来。大家一边游览，一边对这里景致的幽雅赞叹不绝。众人兴致勃勃，喜形于色，争着留影。

我沉默着，我问自己：如果让你在这里住下来，就住在这里的宾馆，不愁衣食，让你在这里生活，你愿意吗？你能吗？我这样问自己，但我不能回答。这许多年，我一直生活在都市，对都市的喧嚣与忙乱十分厌倦，常常渴望过一种宁静的田园生活。每每在烦乱之际，听一两支古琴曲，读一两首陶渊明的诗，就如饮甘洌，心中渐渐宁静下来。宁静之后，就愈发向往采菊东篱的悠然与宁静。但真要在乡间住下来，却又很不习惯。我其实是在乡间长大的，按理说对乡村生活不应隔膜，但在城市住了二十余年，再回乡间，自己的生活方式、生活趣味已与乡间格格不入，有时对乡村生活的俭朴和简陋甚至无法接受。饭食还能吃得下，因为每次回去都成了客人。但土炕是绝对睡不下了，木板床也觉得硌身，睡一夜醒来腰酸腿疼。当然，更耐不住的还是寂寞。乡间太静了！静得让我无所适从。我知道，这是城市给我惯下的坏毛病，心浮气躁，沉静不下来。乡间的夜晚万籁俱寂，使我觉得太过漫长。我知道，这是自己的心太急，心太空。我似乎已被城市驯化，适应了在笼子里生活，再也不能返归辽阔的自然之中。在城市，我心神不定，心烦意乱；而在乡间，我心神不静，空虚茫然。那么，在这风景如画的深山之中，你能否长住？我问自己。

说实在的，我被这里的景色陶醉了。我问一位同行者，问他能不能在这里住下来，生活下去。这位同行者笑着说："在这里住上两三个月，写写东西，还是不错的。"我说不能写东西，不能隐居深山还想着名利，就要像普通人一样生活，同行者听了断然否定：“那没意思!”

再问一位中年女作家，女作家说她喜欢满世界跑，天下的风景每处都看看，不喜欢长居一地。 后来，她又问我：“你呢？你能在这里久住吗？”我笑着说：“有一位心爱的姑娘伴我，我想我会在这里住下去的。”我的语气坚定，但我在心里又问自己：真的有一位心爱的姑娘伴你，你能在这山里终老此生？

夜里，我和几位年轻朋友出外去转。 张良庙宾馆的大门外是一条公路，我们沿着公路往下走。 走出寨门，前面一片漆黑。 隐隐可闻近旁有流水的声音，知道那是溪涧，却不知有多深。 两边山上矗立着一团一团高大的黑影，沉沉的风声传来，那是千年的松柏。

这里的夜太黑！黑得让人心里害怕。 这是真正的黑夜，只有见了这夜色，才知道城市的夜晚不能叫黑夜。 城市没有黑夜。 我们走出几步，就不敢再向前移动。 有人试着大声喊，没有回音，声音立刻被夜色吞没。 只有冷森森的夜气袭来，只有沉沉的松涛声传来。 我又想起了张良。 那时没有电灯，没有这公路，也没有这村寨，路断人稀，在这么黑的夜里，漫漫的长夜，他是怎么过的？

在这个漆黑的夜里，在这十月的秦岭山中，在众人都熟睡之后，我听着窗外隐隐传来的山风声，第一次很认真地想一个古人，一个两千年前被后人称为“英雄神仙”的生命。

张良对生命看得很透。 他执着而又潇洒，现实而又浪漫，入世又能出世。 他既慷慨豪迈，大展雄才，实现自己的理想抱负；又能弃绝一切，急流勇退，我自逍遥。 古往今来，有几个人能像张良那样挥洒自如？既能让生命大放光华，驰骋天下，灭秦兴汉，建立赫赫功勋；又能让生命内敛，退居山林，独善其身。张良是真正的拿得起放得下。他不是那种被动式的“达则兼济天下，穷则独善其身”，他对生命的掌握是主动的。生命在我手中，真正做到了“我行我素”。

张良对生命看得很透。一个人之降生于世，说是必然，也很偶然。人生不过几十个春秋，在这世上走一遭，人必须珍惜那偶然的生命之赐，必得在这世上做点什么，证明生命，证明生命的存在，证明有一个生命存在过(不“证明”与行尸走肉无异)。有人证明生命的善，如慈善家；有人证明生命的美，如艺术家；有人干一番惊天动地的事业，证明生命的伟大。生命的证明——每一个人都以他的存在及存在的方式进行证明，对生命进行证明。张良大半生谋的都是灭秦兴汉的大事业，这是一种对生命的辉煌证明。张良本是韩国人，他的祖父、父亲都是韩国相国，秦始皇灭韩后，张良虽然年少，但立誓要报丧国之仇，“弟死不葬，悉以家财求客刺秦王”。后来募到了一位大力士，趁秦始皇东游之机，张良与大力士在博浪沙埋伏，等秦始皇车驾到，叫力士猛力地抛出一个重一百二十斤的大铁椎，可惜一个偏差，铁椎误中副车。但这博浪一椎已然震天动地。敢募力士同刺秦王，这样的胆略，绝非常人可及。张良后来辅佐刘邦南征北战，运筹帷幄之中，决胜千里之外，终于推翻暴秦，统一天下，建立汉朝。张良对生命的辉煌证明，证明了他生命的辉煌。

张良对生命看得很透。人生一世，草木一秋。人可以证明生命的辉煌与伟大，但是面对整个浩瀚无垠的宇宙，一个人的生命又是多么微不足道，只是一粒微尘。认识到这一点，反而会更加珍惜生命，珍惜那短短的必将会匆匆消逝的数十年光阴，而不会斤斤计较身外物之短长。对单个人来说，自我就是一切，是世间最重要的。这样，人在证明生命的同时，又会珍惜生命。证明是生命的扩张，珍惜是生命的内敛；证明需要执着，珍惜则可逍遥。逍遥是生命的一种放松状态，一种随心适性状态，是一种融我于自然之中、物为我用、物物而不物于物的境界。逍遥是对生命的珍惜。逍遥就要舍弃，舍弃一切身外之累。昔日，刘邦立汉之后大封功臣，对群臣说："运筹策帷幄中，决胜千里外，子房功也。自择齐三万户。"然而，张良并不居功自傲，不为自身和子孙的荣华富贵而甘受其封，不贪不霸不占更不争，他反而恭谦以陈：当初臣从下邳起兵，跟陛下在留相会，这是天把臣来送给陛下。陛下采用了臣的计策，侥幸地偶然料个正着，臣愿意封于留就够了！不敢接受三万户的大地方。在张良看来，荣华富贵生不带来，死不带去，贪占那么多做什么？而且他常常说：我家世代相韩，及韩灭，我不惜万金，为了要替韩国报仇而对付强秦，一锤打下去，天下都震动了。"今以三寸舌为帝者师，封万户，位列侯，此布衣之极，于良足矣。"他不止一次表示："愿弃人间事，从赤松子游耳。"张良一方面建功立业，同时在他的心底，对功名利禄又看得很淡。只有对身外之物看淡，看轻，才会对自己的生命看重。且让生命逍遥自在吧。

证明而后逍遥，证明而不失逍遥，既可证明又能逍遥，这是何等辉煌而又洒脱的生命！这就是张良，这就是张良对生命的态度。他对生命看得多么深透！他对生命把握得多么好！

清早起来，我望着满山的苍松翠柏，心中闪过一个奇怪的念头：张良现在哪里？ 还在这里吗？ 绿树掩映着静静的张良庙。天空飘着细雨，一层淡淡的晨雾轻笼着张良庙，张良庙真切而又朦胧。 我知道我这念头很是荒谬，但我想，来到张良庙，置身这紫柏山中，每个人都会想起张良，想想两千年前那个在这里辟谷隐居的古人。

的确，张良庙的存在给后人有一种昭示。

秋到终南

进山的时候，天阴沉着，雨从午后下起，此刻更大了。 车行山谷不久，天就黑下来了。 是十月的下旬，秋天了，雨夜的山中，已经有了冷意。 我随中国散文研究所诸君，受翠华山国家地质公园邀请，登翠华山，名曰“金秋品鉴翠华山笔会”。近一年来，心绪低回，像这雨夜的山云一样，低沉黯淡，挥之不去。 所以，一直想在山中住上一住。

想和世俗，想与烦扰，拉开一段距离。

车子蜿蜒行进在山路上，随着车灯的明灭，依稀可见山中的景致。 一片凄清。 心中忽然间涌上了几句话：终南未终南，山上还有山。 我来秋已老，雨落满山寒。 好像就是一首旧体诗。题目：秋到终南。 自己觉得此时有万般感念，似乎都凝聚在这几句诗中，于是用手机短信发给几个山外的朋友。 却没有得到任何回应。

想想，自己的感受只有自己懂得。 山外的红尘世界哪里能体会到山中的况味。

吃罢晚饭，时间已经很晚了。 翠华山方面安排我们住在山间的别墅里，两人一栋，自由结合。我和朱鸿住一起。雨还下着，借着暗暗的路灯，沿着窄窄的山径，曲折而上，我们寻找我们的住处。虽然有服务员带路，夜黑路迷，还是颇费周折。进了房间，里面倒很暖和。我试着推开窗户，一蓬云忽地就涌了进来。呵呵，云卧山中高士来，雨打寒窗秋欲去。收拾了躺下，却睡不着。我和朱鸿，就在这云缠雾绕的小屋里拉起了话。我一句，他一句，说的都是闲话，却似乎很有深意，关乎心灵，关乎人生。因有深意，我们更想把话说下去。话如游丝，扯着拽着，不觉间就到了凌晨两三点。想想次日还有活动，只好睡了。

早晨起来，大家到天池边转。一夜风雨，落叶满地。金黄的树叶落在绿绿的草坪上，似翠地铺金。庞进吟了一句：满地落叶，求对。我接了一句：一门心思。庞进一路琢磨着，总想凑成一首诗。上山下山，一改再改，把我的“一门心思”改没了，他的诗也凑成。我仍然一门心思，挥之不去。到了画家樊洲的山居，看了满墙的书画，复听他弹奏古琴曲《山中忆故人》，有一刻，我的心绪忽然飘得很远。送别时，看着山门前站立的樊洲，风来影去，我心有所动，觉得他其实是一个现代的隐士。

一行人继续走，看山崩奇观。翠华山是终南山的一部分，现在被辟为国家地质公园。我上中学的时候，第一次春游，来的就是翠华山。后来参加工作，还来过多次。但每次来，几乎都是爬上来然后再走下来，当日往返。很少像今天这样，优哉游哉，穿山过洞，登高望远，饱览这里的美景。烦人乱心的事，行走中，渐渐地抖落了。上山，本来就是为了放下。放下，自在，轻松。心中的事放下了，人的眼界就开阔起来，景色也更明丽起来。秋天的翠华山色彩非常绚丽，灰、青、绿，黄、橙、红，冷色宁静，暖色跳跃，绿色深沉，红色夺目。上山上山再上山，极目远处，呵，终南山深处的山上，居然一片雪白。哦，那里已经落雪了。心中有所感念，吟诗一首：

翠华山之秋

天池冷苍松，秋阳暖红叶。

村外柿才红，远山已含雪。

山崩的遗迹，完全是一种乱石崩云的景象。我心中惊诧，谁说海不能枯石不能烂？记得八月份到大兴安岭，见到林海中有一些干涸了的湖泊，当地人称那些湖叫海子，枯海中的石头没了水的滋养，日晒风化，多已破碎，真给人一种海枯石烂的感觉。我当时非常震惊。总以为海不会枯石不会烂的，却原来也有海枯石烂的时候。我当时吟咏：海已枯兮石已烂……今天我再次吟咏：海已枯兮石已烂……

晚上，几位文友聚于一处，长吟、见喜、孔明、庞进、杨莹、文娟，各讲趣事，见喜、孔明最佳，大家笑倒，夜半方散。

朱鸿次日有课，已于傍晚先走，我独住一个别墅。

终于闲下来了。一人。山中。夜里。

心中无限欢喜。

吟诗三首，乃此夜写真：

秋夜山中读书

秋尽思未尽，天凉心不凉。

旧书觅新意，故纸作故乡。

夜宿山中

黑云涌阶前，流水喧后山。

夜长灯昏暗，思多不成眠。

半夜风推门，一宿雨滴檐。

名利千里远，浮生两日闲。

山中夜宿

山白树红秋正好，水寒石冷风更凉。

满地落叶经雨枯，一门心思觉夜长。

天亮始眠。

早餐时，有一人讲，风景佳处，也是自杀者多处。陕西，华山最多，翠华山次之；中国，黄山最多。我一惊。

后来有一个关于翠华山旅游的研讨会。我发言：“人无法选择生处，却可以选择死地。大到皇帝生前就为自己看风水选陵址，小到布衣平民临终前嘱咐子孙为自己选一块美穴地，都是这种‘选择’的体现。海宁王国维1927年自沉于颐和园昆明湖，死志固然决绝，但去处却是精心挑选的。即使是被杀，人对死地也很看重。”我环顾了一下听众，以惊人之论做结，“翠华山这个地方经常有人来自杀，这与翠华山的旅游管理没有一点关系，人想自杀，谁能拦得住？正好说明了翠华山此地甚美。美得让人想葬身此地。”我的发言，因独辟蹊径，故举座愕然。

我补充：“人之游山玩水，有为观光览胜者，有为赏心乐事者，有为排遣心情者，吾即后者也。”

我再补充：“一年来，不知为什么，我一直想在山中住一住。翠华山往西，有一个沣峪，沣峪有一个净业寺。数月前，净业寺有一僧人邀我上山，我忙，没有去成。后来，我闲了，上山去看他，他已经下山，还俗了。那一天也下着雨，我上山的时候，天已经薄暮，本来想在山上住一住的，后来就没有住成。这一次，我在翠华山住了两夜，了却了我的一桩心愿。很久以来的一桩心愿。了了，我可以下山了。”

出山的时候，天放晴了。

出了山，眼界忽然开阔，长满麦苗的原野一片绿色，暖暖的阳光从天上斜洒下来，像一片金色的瀑布。

我知道，这是天意。

夜泊秦淮的哀伤

七月底，我才从江南回来，到了九月，难得有点儿空，我又下了一次江南。同行四人，有老友建滨。我们是自驾游。我的经验，去大城市乘火车、坐飞机快捷，但去一些小城镇，还是自己开车方便。屈指算来，我这已经是第八次下江南。我是北方人，世居大秦关中长安，但一直对江南充满神往。细想起来，这种神往，源自于读江南的诗文描写，江南于我，更多的是一种文化想象。

七月到江南，我曾到上海，在依然繁华的南京路住了两天。心中说，二十年可以不来上海了。满眼拥挤不堪几乎见不到天的摩天大楼，稠得流不动的车水，喧嚣得令人透不来气的商业市声，此种景象，全中国的大城市，包括西安，都一样的。七月到江南，原准备去周庄、乌镇这些神往已久的江南小镇，但没有带车，感觉很不方便，没有去成。所以，这次江南之行，我对建滨说，咱们绕过大城市，专去小城镇。

建滨欣然同意。但是，车一上路，他又建议，咱们路过南京，可以夜泊秦淮，逛逛夫子庙。毕竟是读书人，夜泊秦淮，逛夫子庙，显然是他对于南京的文化记忆。而且，他至今还没有去过南京。

我们第一站就到了南京。夜幕降临时我们进城，直奔夫子庙。为了体验夜泊秦淮的感觉，我们专门找了一家靠近秦淮河的旅店住下。放下行李从旅店出来，天已经完全黑了。建滨电话中与他的一位大学同学约好，我们在夫子庙见。从显然是后来修复的明城墙过门而入，找到夫子庙，这里果然灯火辉煌，甚是热闹。建滨的同学在南京一所大学任教，他说，这个地方离他们学校很近，但他平时不来这里，来这里的一般都是外地的游客。没什么可看的，他重复说了几遍。他这么三说两说，至少我的游兴有些索然。打眼看去，街道两旁满眼都是现代化的商家，所售物品显然大多是针对游客的。东西杂乱，什么都有，但是档次不高。问题是，游客来自外地，可这里的东西多是大路货，全国各地到处都能看到，有地方特色的少见。夫子庙、江南贡院这些古迹，乍一看古色古香，有些旧时气息，但仔细一看，多为新修，看起来意味就不多了。踏上秦淮河上的文德桥，向两边的秦淮河眺望，河上灯船穿行，两岸酒家处处，令人不由想起长安人杜牧的诗句“烟笼寒水月笼沙，夜泊秦淮近酒家”。建滨的同学带我们去找酒家，看了几家，贵得离谱不说，关键是皆不大合我秦人口味。于是，寻到一家小店，要了几笼包子，虽然口味也不对，却只好勉强充饥了。出了包子铺，忽然看见对面有一处“李香君故居陈列馆”，进去看了看，里边有“媚香楼”“李香君史料馆”，靠河还有一个小小的私家码头，据说李香君当年就在这里出入画舫，伴歌秦淮河上。一切都煞有介事，一切却又都呆头呆脑，找不到与李香君那个灵动的女人的相似之处。出来又往文德桥方向走，看到一街门上书写着“乌衣巷”三字，心想这是老街道了，进去，见到有一个高悬“魏晋遗风”匾额的院落，据说这就是王（导）谢（安）故居了。乌衣巷与王谢家族在后世俗名显著，实在与唐刘禹锡那首题名为《乌衣巷》的诗大有关系，“旧时王谢堂前燕，飞入寻常百姓家”已成诗中名句。我依稀记得有一年曾来过这里，就没有进去。再过文德桥，建滨的同学引我们沿着河边走，说那里沿河有茶座。建滨的同学原本秦人，落户南京，从他的言谈观察，他离秦人已远，但好像也没有完全融入南京。秦淮河畔不时传来歌声，但男声唱的是腾格尔的《蒙古人》和《天堂》，女声唱的是韩红的《天路》。我困惑了：这是南京，还是内蒙古草原？是秦淮河畔，还是青藏高原？看过去，河畔听唱的人还真不少，黑压压一片。《玉树后庭花》在当今时代，没有人唱或没有人会唱，是可以理解的，但是南京——江宁——金陵或者说江南，就没有自己地域的歌曲了吗？噢，我明白了，这里所唱，都是唱给外地游客的。可是，外地游客哪怕是内蒙古人或者西藏人，来这里是要听内蒙古歌曲和西藏歌曲吗？我忽然想到全球化这个颇为时尚的词语。这就是全球化或者全什么化吗？在秦淮河畔，忽然听到《蒙古人》和《天路》，我感到极其别扭。或者说，再没有比这个更别扭的了。尽管这几首歌我平时也还喜欢，但在这个桨声灯影里的秦淮河，怎么听怎么不是味儿。一时间，竟有一种驴唇对着马嘴的感觉。

孔尚任，《桃花扇》，李香君，刘禹锡，《乌衣巷》，王谢家族，曹雪芹，《红楼梦》，江宁织造，朱自清，俞平伯，《桨声灯影里的秦淮河》，是这些文学人物、文学作品以及与文学人物有关的物与事，让我们知道了南京——江宁——金陵，或者说，给我们塑造了南京的文化形象，给我们营造了南京的文化想象。说实在的，看到实地的桨声灯影里的秦淮河，那一刻我真的非常失望。这里是南京的夫子庙吗？这里是金陵的秦淮河吗？这是全国几乎到处都可以见的景象啊。与其说我们是冲着实地的夫子庙、秦淮河、李香君、乌衣巷来的，还不如说我们是奔着文学想象、文化想象中的夫子庙、秦淮河、李香君、乌衣巷来的。面对这巨大的落差，到底是有关文学作品描写得不真实呢，还是我们的文学想象有误？是古人与今人的心理感受有了不同了呢，还是全球化、一体化把一切文化个性都化没了？南京啊南京，江宁啊江宁，金陵啊金陵！这个南京，居然还是南京大学——民国时期的中央大学这样的名牌大学所在地，文化怎么会是这个样子呢？夫子庙，总该是一个有文化的地方吧？夜泊秦淮，让我震惊，也让我感到哀伤。

印象·《印象·刘三姐》

亲历了一回张艺谋。还是蛮佩服的。

已经是十二月的天气了，尽管阳朔还不冷，穿上毛衣毛裤足够了，但在这个时候，来自世界各地的游客，每天还能涌进近万人。为的是什么？为的是《印象·刘三姐》。牛皮不是吹的。票价还相当贵。最便宜的也得一百多元人民币。如果是上当，哪能上这么久？

我还是被感动了。也有震动。来自内心的。内心深处的某个地方。

看完，想想，其实也很简单。就是山歌，渔火。山歌从头唱到尾，这边唱了那边和，渔火从星星点点，到满江满湖。

山歌，渔火。

往日的生活。

理想的家园。

看罢桂林，游了阳朔，听了山歌，阳朔的筏工唱的，见了渔火，漓江边那些卖烤鱼的渔火，忽然觉得，《印象·刘三姐》只是印象中的刘三姐，脑海深处的，心灵深处的，但已不是今日生活中的了。

绝对不是。

《印象·刘三姐》是一曲挽歌。 阳朔山水实景演出的挽歌。动人的挽歌。 震撼人的挽歌。 因为，这种生活，山歌与渔火的生活，已经一去不复返了。

因为一去不复返，才那么地动人，那么地震撼人。 司空见惯的东西，会这样动人吗？ 会如此地震撼人吗？

我在遇龙河漂流的时候，乘的是竹筏，十根粗大的竹子做成的。 筏工说，他们这里还没有这么粗大的竹子，从外地进的，一只造价八九百元。 我的导游是个爱笑的壮族姑娘，因为爱笑，显得比实际年龄小了几岁，实岁二十五六，看起来二十出头，像个学生。 因为生意淡，她特意为我找了一个会唱山歌的筏工。 目的很单纯，鼓动我乘筏漂流，她能从中提成。 筏工姓陈，早上本来想去阳朔打工的，看见我们骑着自行车而来，拦路问工，与导游叽叽咕咕一番，山歌免费，就做成了一单生意。这个陈筏工确实会唱山歌，唱得还真好，嗓音好，读过书，会现编歌词，自然准确。 关键是他爱唱，给我唱，给山唱，给水唱，见了其他筏子驰过，也唱，引来其他筏子上的游客羡慕，叫好。 他好唱，我好问。 问了他们这里过去的生活方式，也问了他们现在的生存方式，我明白了，过去是自然经济，靠天吃饭，现在是市场经济，靠商过活。 他唱山歌，半是天性，半为生意。 所以，他的现编山歌歌词中，就有了讨好游客的语词，诸如升官发财遇艳福之类。 一般游客可能高兴，我听了感觉大煞风景。 啊，山歌也已经被钱风利雨侵蚀，还叫山歌吗？ 商歌也。

哪里还有渔火呢？ 到处都是卖烤鱼的，渔人则肩架鱼鹰（学名鸬鹚）忽然跳上游船邀人照相，到处都是商业景象啊，哪里有田园牧歌式的山歌与渔火呢？ 也游了名为“世外桃源”的“世外桃源”，哪里是世外桃源呢？ 山有小口，乘船而入，原始野人，少数民族生活方式，纺线，织布，蜡染，火塘，还有“渊明山庄”，一满成了商业景点。 商风吹得游人醉，只把桃源当世外。 大把银子往外掏，笑将印象往回载。

还有刘三姐。 我见到了刘三姐。 黄婉秋。 当年演刘三姐的黄婉秋。 人们想象中的刘三姐，其实就是黄婉秋。 见黄婉秋是在从桂林到阳朔途中的一家玉器店里。 店也就是路边的店，玉器呢，不说也罢。 导游说，大家到店里看一看，凡买玉器的，刘三姐——黄婉秋都会和买者合影留念。 黄婉秋现在是桂林和阳朔好几家以刘三姐名义出现的旅游景点、商业卖场包括运输车队的名誉董事长。 不知是真是假，导游说的。 且说我们好几车游阳朔的游客拥进这家路边玉器店，进门是当年《刘三姐》的海报，刘三姐美丽动人；旁边，是黄婉秋在中央电视台与某主持等人的合影，笑容灿烂；再进一道门，是名贵玉器，柜台里，有一穿黄色带花大衣的女性，看来上了点年纪，再细看，有点像当年的刘三姐，再对照与主持人的合影，不是她是谁，黄婉秋。我想给她照一张相，她早有防备，或背身，或低头，或藏在服务员身后，总是拍不成。 总算找着机会了，有人出来制止，不许照相。 买了玉器是可以合影的。

有游客说，——不止一个，唉，这个刘三姐，这个样子，有点掉价，她也不怕有损形象。 另一个说了，都啥时代了，市场经济嘛，人总得生存嘛，可以理解嘛。 有人愤愤不平：还人民艺术家呢，照张相都不行，崇拜才照呢。另一个说，现在哪有人民艺术家，都是人民币艺术家。哈哈。大家出门散了，纷纷上车绝尘而去。我坐在车上，心里有点凄然。对这样的刘三姐现象，不知该如何评价。车行颠簸中，忽然想起了一个戏里的话：旧社会把人变成了鬼，新社会把鬼变成了人。

啊，今夕何夕，今世何世？我糊涂了。

山歌，渔火。

往日的生活。

今天的梦想。

《印象·刘三姐》，印象，刘三姐，一个美丽的印象，一个一去不复返的梦。

今夜上万人，只为一场梦。

遥远的想象

到了生命的后来，我才发现，我们所认识的世界，多是一种想象。

是的，是想象。

想象的世界。

在我的生活中，似乎从来没有想到过要去西藏。我虽然生活在北国秦地，但我的文化偏好和审美趣味，则是江南。是的，是江南。文化想象中的江南，审美想象中的江南。草长莺飞，柳风荷月，烟波浩渺，画船娇娃，吴侬软语，含情脉脉。北地的辽阔与寥落，虽然雄浑却也苍凉，让人长生英雄无路的悲怆感。江南小桥流水的温柔和旖旎，虽然英雄气短，可人活着，要那么多英雄气长干什么？越是走向生命的远处，越会觉着英雄气长有多么的可怕，而温柔和旖旎是多么的可爱。

知天命这一年，突然有了一个机会，去西藏。西藏第一次进入了我的生命视野。此前，它只是一个遥远的地理概念。去就去吧。可以去，但没有去江南那种特别的喜欢。叫上女儿，带上夫人，一起去吧，此生难得去一次。走之前有半个月的等待。有人告诫你，去西藏啊，高原缺氧，人的生理反应十分厉害，血压高不能去，心脏不好不能去，感冒了不能去。有危险吗？有的。轻则一去就必须立即返回，重则命丧高原。有这么可怕吗？有的。不是开玩笑。旅行社也是这么说的。

于是，事到临头，我动摇了。去西藏，有如此可怕的危险，有必要去吗？劝退了女儿，再劝夫人。夫人通情达理，说不去就不去吧。不过，她接着说，以后如果有机会，还是想去一次西藏。后边的“不过”引起我的沉思，这次不去，她以后还要去，还不如这一趟就陪她去吧。

于是就去了。坐火车去，坐飞机回来。据说这样安排非常科学：坐火车能逐渐适应高原条件，坐飞机去的话，一下子从海拔二三百米升到三四千米，身体受不了。有人就是乘飞机去，一下飞机就立刻再乘飞机回。在西藏，我们先游拉萨，次看纳木错，再去林芝，然后返回拉萨乘飞机回到西安。前后用了八天。

说实在的，这次去西藏，我并没有太多特殊的感受。感觉倒有些平淡。这让我自己也很惊讶。我查了一下我当时写的日记，只有两句：“18 号去西藏，25 号即昨天晚上乘飞机回。在藏期间感冒了，但没有太大问题。”进藏时间是 2008 年 7 月。我是以作家采风的名义去的。回来后，单位几次问我有没有写入藏文章，我都说没有。也想过写点什么，总还是看见了一些未曾见过的人和风景的，但确实没有特别的感受，要写，也是一笔走马观花的流水账。写这样的蜻蜓点水式的游记有什么意义呢？

可是，有时候，我会突然想起西藏。同时，也对自己西藏感受的漠然感到惊异。怎么会呢？反应竟如此平淡！去的时候，总还是有许多期待的。记得，曾和散文家和摄影家陈长吟聊过游藏的话题，长吟的一句话给我印象极深，似乎也加强了我去西藏的决心。他说：去新疆，感觉是去另外一个国度；去西藏，感觉是去另外一个世界。说得太精彩了，也太迷人了。我去了，却没有找到去另外一个世界的感觉。我生在青海德令哈，长到一岁多一点，被父母送回陕西长安老家。我在三十一岁的时候，1989 年夏天，三十一年还旧国，去了一次青海，去了青海湖，去了同属海西州而距海西州首府德令哈市不远的天峻县。感觉还是很震撼的。青海高原雄奇峻酷的自然景观和气候，都给我留下了永远难以磨灭的印象，当时甚至给我以惊心动魄的感受。去了比青海海拔还要高的西藏，怎么却没有了特别的感觉呢？

对于西藏没有太特殊的感觉引起了我对西藏的再思考。理性的思考却总是找不到点和位。西藏，对于我来说，毕竟是另外一块土地，对它的历史、现状和文化，我只知其皮毛，这个皮毛，也许还是充满误解和想象的人云亦云的皮毛。感性的感觉呢？不强烈，甚至有些模糊，也找不到能够切中肯綮的点和位。

不过，我还是会想起西藏。那里毕竟是一个高地，一个这个星球上地理位置最高的高地。每当想起这个地理上的高地，我在想象中总持一种仰望的姿态，似乎须仰视才见。

不过，当我行走在西藏高原的时候，却没有高峻的感觉。感觉像是一片无边无际的平原。近处或者远处也有山，但都不显得高，也没有特别险峻的感觉。中国的山，五岳中我上过泰山、嵩山、华山，见过衡山，也上过归来不看五岳的黄山，登过峨眉山、青城山，拜过五台山，深入过大兴安岭，就我所见而言，最为险峻峭拔的山是华山，最为高峻的山脉还是秦岭。 秦岭山脉那才是山的感觉，峭拔高峻，壁立千仞，高山仰止。 想象西藏高原的时候，也是这种比秦岭还要秦岭的感觉，喜马拉雅山脉在这里，世界最高峰珠穆朗玛峰在这里，能不高峻吗？ 但是，出乎我的意料，西藏高原过于平坦，山也显得过于低矮了些。 也许我没有去喜马拉雅山，也没有去其他地方，只去了那曲、拉萨、纳木错、林芝，并没有见识西藏全貌。 我眼中所见的西藏，无非是雪山河流，草地牦牛，寺庙喇嘛，转经牧民，一派天广地阔、草原牧歌景象。

倒是强烈的极其刺眼的阳光提醒我，这里离太阳很近。 时不时可以看见的雪山——夏季的雪山告诉我，这里地势很高。还有时不时可以感到的呼吸困难也在说明一点，这里海拔太高，因而缺乏氧气。

生活的严峻就在这里体现出来。 我刚到两天，就感冒了。伤风类的感冒，不发烧，但头痛流鼻涕，吃了药也不管用，鼻涕流得汪洋恣肆，势不可当。 刚吃了药，过一小会儿，就一把鼻涕一把泪地来了。 有一天晚上在拉萨看西藏歌舞表演，一大卷卫生纸擦鼻涕不一会儿就用完了。 也许正是因为感冒，严重的感冒，史无前例的感冒，使我丧失了感觉的敏锐性和丰富性，因而变得感觉迟钝，麻木不仁，对西藏居然没有什么特别强烈的印象也没有什么特殊的感觉。 这个原因可能最为接近事实。 我初到西藏的时候，也就是刚接近拉萨的时候，还在火车上，就已经头重脚轻。 头重脚轻刚刚缓解，就开始感冒了。 一天到晚自顾不暇，痛苦难当，对外界怎么能有细致而丰富的心理感受和情感触发呢？ 去纳木错，见到那像是翡翠的颜色但绝对比翡翠的颜色还要纯净还要漂亮的湖面时，也只是惊奇地赞叹了一下，立刻就被途中刚登上五千米高山而引起的身体极度难受所笼罩，头重脚轻，头晕眼花，浑身无力，四肢发麻，呼天不应，入地无门，心情颓丧，意绪灰败，哪里还有心思好好欣赏细细品味湖光山色——纳木错被誉为“神湖”，环湖皆为雪山。

回到内地，回到在这里生长至今的长安，立刻再次陷入繁忙的杂务中。 每天行色匆匆，却又茫无头绪。 这就是现代人和现代生活吗？ 有时也会这样发问，或者说是质疑。 但是心中明白，问也罢，疑也罢，既没有答案，也不能摆脱这样的生活方式和行为方式。

有时候，在夜里，在入睡前，会突然想起西藏。 那块遥远的高地。 世界上最高的地方。 会有暂时的沉静和神往。 然后就迷迷糊糊地睡着了。 直到把天睡亮了。

数天前，从秦岭终南山净业寺下山还俗的天律请我去他现在执事的公司吃茶。 天律原是净业寺的知客僧，那一年我上净业寺的时候认识的。 他还俗已经一年多了，我还没有见过他。 再见他，人更瘦了，但很精神。 他现在是这家公司老总的助理，负责接待公司的高级客人。 这个公司是一家大公司，老总在知天命之年信了佛，建了一个佛堂，天律平常就在佛堂招呼。 吃茶的时候，我们闲扯着，天律才说了他过去的经历。 他原来是冀地的一个农民，娶妻生子，生活在社会的底层，为生存奔忙，受尽了苦，也受够了屈辱。 三十岁的时候，经历了一些事，感觉生命太过脆弱，人说没有就没有了，对生命产生了恐惧，对人生产生了太多的疑问和迷茫，就对妻子说，他想出家三年。 后来就来到终南山净业寺，落发为僧。 过了三年山中僧人的生活，他下山，再为养家糊口而奔走。 他带我看了这里的佛堂，原来是藏传佛教的布局和陈设。 天律说，老总请了一部经书，又从青海请来了三位地位很高的喇嘛，每天在诵。 这三位喇嘛我来的时候已经看见了，正在旁边的房间吃饭。 天律说，三位喇嘛生活非常节俭，节俭得令人感动，诵经则是万分的认真，一字一字、一行一行、一页一页往下诵，没有人监视他们，他们既不多翻一页，也不懈怠，每天从早到晚，除过吃饭，就坐在那里认真地诵经。 我想，这种认真，当然是一种虔诚，而虔诚，源于信仰。 因为信，所以诚。

走的时候，天律送我一张刻录的佛乐，《贝诺法王的祝福》，藏传佛教的音乐。 我回来听过几次，好听，动人，而且，让人遐想。

听到这样的音乐，我就会想西藏。 这只能是藏地的音乐。什么样的种子长什么树，什么样的树开什么花，这样的音乐显然与藏地的历史和文化有着密不可分的内在联系。

西藏，西藏，你是一块什么样的土地呢？

在拉萨的时候，有一天晚上，拉萨的秦人请我们这些秦地来客吃饭。 主人好客，还请来当地的一些显贵名流，汉藏皆有，还有从日喀则来拉萨的内地援藏干部。 汉藏一家亲，大家尽情地载歌载舞。 跟我同席的，有三位是从山东来的援藏干部，他们在日喀则市的一个县上工作。 说到那里藏族牧民的生活习俗，援藏干部说，那里的藏族牧民最喜欢的生活是吃糌粑喝酥油茶，晒着太阳放牧牛羊，他们认为这是最幸福的生活。 让孩子上学读书受教育，他们不喜欢甚至有抵触。多么简单的生活方式，多么单纯的生活理想。可是他们对此十分满足，认为他们是世上最幸福的人。

从林芝回拉萨的路上，我们再次经过松赞干布的故乡。下车照相的时候，道旁有一位非常漂亮的藏族姑娘，看起来年龄不大，十六七岁的样子，她的身上背着一个孩子，身边还跟着一位小姑娘。她的脸黑黑的，是西藏高原常见的阳光型肤色，眼睛大而明亮。给她和孩子照相，她起初不肯，后来夫人和她商量，她愿意了。我给她照了好几张，其中有她的，她和孩子的，也有夫人和她的合影。姑娘说，她背上的孩子，是她姐姐的。临走，她对夫人说，能不能把她的照片洗出来给她寄来。夫人满口答应了。回到西安后，夫人言而有信，立刻催我赶快去洗印，然后又用快递给邮了过去。半个月后，藏族姑娘打来电话，说她收到了照片，很高兴。又过了一些日子，藏族姑娘又给夫人寄来一个藏族特色的布包，夫人很喜欢地挂在墙上。这位藏族姑娘还是个学生，在拉萨外语学校读书。单纯，善良，重情，守信，这位藏族姑娘给我留下深刻的印象。

这是真正意义上的单纯。单纯得一如西藏的蓝天，透亮，清澈，一望无际。

今年的冬天特别的干燥和沉闷，已经进入三九，过了小寒，可是还没有下过雪。这时候，我常常想起西藏。雪域的西藏，雪域的高原。盛夏季节，西藏高原上，时时可以见到雪山。去往林芝的途中，翻越海拔5100米的米拉山口，身旁的山上就是皑皑积雪。寒风吹来，一片一片小小的雪花就在脸上飞舞。这里，确实是一个严酷的世界。生存环境太过恶劣。夏天来欣赏雪山，确实很美，美得令人惊叹，但是，人要是在这里生活呢？

去西藏之前，导游给我们说，在那里，特别是旅游景点，会遇到特别多的讨要者，你们要慎用善心，提前准备上一些小票面的钱，一角两角五角都不算少。我们很多人都这样做了。但是，在神湖纳木错，在湖边，夫人看到帐篷旁边有一位藏族妇女，她问那个妇女可不可以照相，藏族妇女笑着点点头，问要钱不，又摇摇头。于是她们合了影。我们走的时候，夫人却给了那个妇女一些钱，表示谢意。妇女也收了，笑着双手合十表示感谢。这时候，不知从哪里突然蹿出了五六个藏族小孩子，个个伸着小手要钱。我就把那些备在口袋里的小票面的钱散给他们。谁知一路走过去，一路上都有小孩跑过来，伸着小手，眼巴巴地看着你。我见手就给。不料，给了一个四五岁的小男孩五角钱，他居然嫌少，还要，再给五角，还嫌不够，再给一块钱，又说不够。我口袋里小票面的钱没有了，只剩下了百元大钞。小男孩一直跟着我，哭着要。他的脸又圆又黑，两只眼睛也特别黑，透着稚气和灵气，后来居然不屈不挠地拉着我的衣服不让走。我正没奈何，一个看起来有八九岁样子的小女孩跑过来，硬是把他拉走了。小男孩被拉着一边走还一边回头看我，大声地哭着。我当时高原反应极为厉害，感冒也加重了，只感到头晕脑胀，头痛难忍，浑身难受，四肢无力。看着小男孩大哭着离去，心里也很难受，却没有再给他钱使他不哭。离开纳木错以后，我的脑海里常常浮现出那个小男孩的形象，小圆脸又黑又脏，像是从来没有洗过似的，他飞快地跑来，伸出的小手也是又黑又脏。那么小的年纪，就知道要钱，而且知道钱多钱少，知道讨要多一点的钱。生存的严峻从他的身上鲜明地体现了出来。

我深深地后悔，自己当时怎么就那么吝啬呢？ 拿出百元钞票对自己又有多大损失呢？ 平时的生活中，不知花了多少不该花的钱，多少钱乱花了也没有往心里放过，怎么真正该给的时候却不给了？ 你是这样小气的吗？

真的很后悔。 可是后悔有什么用呢？ 已经永远无法补救了。

于是就在心里责怪导游，觉得导游对人有误导。

诿过于人，并不能减轻自己内心的深深的歉疚。

后来，我常常想起神湖边的那个藏族小男孩。

神曾经给了我一个让那个小男孩不哭的机会，可是我错过了。

美丽的西藏。 严峻的西藏。 雪域高原。 神奇的土地。 高耸入云的布达拉宫。 大昭寺门前排山倒海般五体投地叩长头的信众。 喇嘛。 转经筒，转经的男女老少……

看的也不算少。 感受也有一些。 但确实是走马观花。 感受当然也只能是浮光掠影。 这是西藏吗？

遥远的西藏，尽管我已经踏上了你的土地，但你还只是我一个遥远的想象。

想象中的西藏是一片海洋，而我见到的西藏，只是海洋中的冰山一角。

去西藏之前，很多年前，我去过青海的塔尔寺，前几年，还去过甘南草原，看过郎木寺和拉卜楞寺，看过也是夏天的甘南草原，高山雪线下，无边的草原开满鲜花，牛羊像珍珠洒在草原间。 青海的草原和甘南的草原，似乎更为绿意葱茏，青海的寺庙和甘南的寺庙，也似乎更为鲜艳明丽，西藏的草原，则显得更为苍茫，西藏的寺庙，则显得更为神秘。

西藏，由于它的高度和峻奇，由于遥远和未知，让人神往，也令人感到神秘。由于神秘，又叫人产生无尽的想象。由于想象，它又更其神秘。

遥远的西藏啊……

冬天的草原

走在草原上，我并没有预先想象的惊喜或惊奇。相反，我倒很平静。汽车奔驰在蜿蜒无尽的草原道路上，望着窗外空阔的冬天的草原，我只感觉到一种巨大的沉寂。是的，是沉寂。一种笼罩天地的沉寂。车轮碾在柏油路上的单调的声音，更加重了这种沉寂感。我默默地用眼睛在草原上搜寻，试图寻找这巨大的沉寂的来源。草原是辽阔的，比想象中的辽阔还要辽阔。只是没有绿意。有的，只是一片枯黄。连天的枯黄。没有了绿色的草原上的草，好像丧失了青春的活泼，而显出一种老人般的沉稳和肃穆。它们全体无声地待在那里，仿佛是在等待一个什么东西的来临。也许是因了这种等待感，才让人觉得冬天的草原是那么沉寂。

来内蒙古之前，我对这个草原大地充满了神往。很久以来，我常常没有来由地觉得自己的生命与草原有某种内在而紧密的联系，甚至怀疑自己的身上也许有一点蒙古人的血统。人说，仁者乐山，智者乐水，我觉得草原既具有山的高度，又具有水的灵性，草原是亦仁亦智的，是仁智的草原。也许是北方人的缘故，我特别喜欢辽阔的景象：天空，大海，群山，草原……我喜欢草原上的歌，也喜欢唱草原的歌。 我喜欢草原上的歌，就是因为它们都有一种草原一样辽阔的气势和韵致，那是视野开阔心胸也开阔的人的歌。 而想象中的草原，是草肥水美，牛羊成群，正所谓“敕勒川，阴山下，天苍苍，野茫茫，风吹草低见牛羊”，情景辽阔而壮美。 而且草原的色彩也非常美丽，抬头是蓝天白云，低头是绿草白羊，多么怡人！ 草原是绿草如茵的草原，也是花的草原，想象中草原上必是各种野花遍地，一片绚烂的野花，一定会使千里草原喧闹起来。 那是一种无声的纯色彩的喧闹，悦目之时，让人的心也会鼓舞欢腾起来呢。

正是带着这些向往，我来到了草原。 可是眼前的草原，却没有一点绿色，而是衰草连天。 绿草野花构成的草原交响，此刻也终止在枯黄这个单调的音符上。 于是就留下了一片凝重的沉寂。 辽阔的草原上的沉寂，确实是巨大的沉寂。

这就是草原么？ 我久久地望着窗外，不甘心似的，总想找出我心目中草原的影子。 随着道路的起伏延伸，一片接一片广阔的草原映入眼帘。 浅草覆地，平坦如茵的草原。 丛草蓬蓬，间以水泊的草原。 长草茂盛，大风吹起，草浪滚滚的草原。 片片草原接地连天，一望无际，心胸也觉得阔大起来。 虽是衰草，仍有一群一群的牛羊散布在草地上，有时还能看见一小群骆驼。 内蒙古地处高原，与关中平原上的太阳比较，高原上的太阳似乎太低，感觉就在头顶似的，阳光也特别强烈，总有些刺眼。 到了一个地方，车停了下来。 我跑到草原上，极目四望，只觉风很大，这风吹来，虽在阳光下，仍有一种刺人的寒冷。内蒙古的朋友说，这就是冬天的草原，满目荒草，又很冷。 我就在大风中站着，望我心爱而且神往已久的草原。天阔，地阔，这是我喜爱的。走一走，跑一跑，站在高处望一望，冬天的草原是一片宁静的浅黄。当冷风吹得我快要僵硬的时候，我看出了冬天草原的真面目，它原来是一片金草地。色彩如金，沉静如金。

冬天的草原依然是很美的。我说这话的时候，一个蒙古族朋友非常赞同我，他说，草原的四季其实都是美丽的。

夜里，热情好客的内蒙古朋友在一个蒙古包里摆了一个蒙古宴款待我们。吃的是各种做法的羊肉，有水煮的，有油炸的，也有火烤的。喝的是草原上酿的白酒，主要喝的还是内蒙古人天天离不开的奶茶。几天来，我已习惯了奶茶的滋味，特别是在这天寒地冻的冬天的草原上，喝着热热的奶茶，非常舒服。草原上的人一边喝酒一边要唱歌，几个蒙古族朋友率先亮开嗓子唱了起来。一个蒙古族老人没有唱歌，他端起酒杯说：草原上有一句话，说有一万只羊的人也会饿死，而有一个朋友的人不会饿死，我们草原上的人最喜欢朋友，今天有这么多的朋友相聚，非常高兴，我敬大家一杯酒。说罢一饮而尽。另一个蒙古族老人则说：蒙古族人有一句老话，有三块石头就可以活下来，因为蒙古族是马背上的民族，他们游牧在草原上，有三块石头就能支起一口锅。这三个石头的观念沿袭下来，就是人一生一定要有三个朋友。

我喜欢蒙古族人。喜欢他们，是因为这个民族的人心胸像草原一样辽阔。地域特征真的可以影响一个地方人的心理和性格，蒙古族人就非常宽容，这是草原性格的表现。他们的热情好客能体现这一点，他们能容纳外地人和异族人更能体现这一点。现在的内蒙古，已经是一个二十多个民族融洽相聚的地方。据呼和浩特市的朋友告诉我，呼市现在的蒙古族人约有百分之十，而百分之九十的人都是汉族人和其他民族的人。这一切都是历史形成的。早年，那些与内蒙古接壤的省份里的穷人，常常跑到内蒙古寻求生路，他们来了，蒙古族人都是持欢迎的态度，有一口饭也会给来人吃，他们就留了下来。陕北民歌《走西口》唱的就是这回事。心地广阔，为人热情、坦诚而豪爽，这就是蒙古族人。也许只是在内陆腹地的内蒙古草原上，还能保留这种传统的人格。

酒酣之际，我到蒙古包外看了看，这真是一个晴好的天气，天空如水晶般湛蓝，一轮明月就悬在头顶，竟是那么低，那么大。我没有想到草原上的月亮是这么大，因为大，又显得特别的明亮。蒙古包里，不知是谁又高声唱起了酒歌，大风吹来，我断断续续只听到了几句："咱俩个相好手拉着手，割断了脑袋照样走""最好的酒啊是你的，最好的姑娘是人家的"……

我望着月光下的金草地，不知是不是风吹的，泪水涌了出来。

唐家旧宅的感伤

踏上旬邑原，沿着一路如雪盛开的苹果花，我来到了闻名已久的唐家大院。早上从西安出发的时候，天是晴朗的。中午到达这里时，天气忽然阴了下来，不一会儿又下起了雨。大大的雨点砸在原上的尘土里，现出一个一个小小的酒窝。所幸，不到半个时辰，风停雨驻，天又放晴了。

近几年来，我对中国传统民居产生了非常浓厚的兴趣。每到一地，最有兴趣的就是看当地民居，不论大小，乐此不疲。追溯这种兴趣的起因，大概跟我几年前去山西看了晋地民居有关。当时主要是看平遥古城，游罢却感觉没有听说和想象的那么好，太过破败可以理解，关键是环境太脏，饮食也差，与世界文化遗产盛名不副。归途中，看了灵石县的王家大院，感觉大开眼界，原来中国居然有如此巨大的院子群落，从开放的高家崖、红门堡两大建筑群和王氏宗祠看，就有大小院落 123 座，房屋 1118 间，这简直就是民居中的故宫，其建筑和附着于建筑之上的木石砖雕完全可以当作艺术品欣赏，而且保存得那么完好。回来后回味不已，后来索性又去了一回山西，看了乔家大院，榆次老城，也颇有收获。从此，迷上了中国传统民居。其实，多年以前，我去浙江和安徽，也看过那里的一些民居，也很喜欢，但也许那都是一些江南人家的住房，在我这个北方人的乡村记忆和文化想象中，没有唤起太多的亲切感，所以喜欢也就喜欢了，却没有像现在这样，沉沉地放在心底，经常惦记着。

唐家大院原是始建于清代晚期的一所旧宅，其所在的陕西省旬邑县旧称三水县，地属古豳国，是周王朝周人的故里，周族祖先公刘曾于此建都。《诗经·豳风》中萃集的就是这里的风俗诗篇。唐家旧宅位于旬邑县城东北七公里处的唐家村，该村原名绿野村。唐家大院在历史的风云变幻中数易其名：1958 年陕西省人委批准于此建立“唐家地主庄园博物馆”；1971 年改名为“旬邑县阶级教育展览馆”，被列为省级文物保护单位，至今有一个院落中还保留着当年表现阶级斗争主题的泥塑；1979 年旬邑县委决定撤销“旬邑县阶级教育展览馆”，恢复旧名“唐家地主庄园博物馆”；1988 年又更名为“旬邑县唐家民俗博物馆”；1992 年陕西省人民政府公布为省级文物保护单位。时代的风雨往往比自然的风雨更为迅猛凌厉，然而这所旧宅因在 1949 年后被作为“反面教材”，反而因祸得福，并在“文革”一片砸烂的浪潮中得以幸免，让人感慨唏嘘，亦见物与人同，也是祸兮福相倚。

据当地有关资料，《唐氏世系谱》记载，“三水唐家”的祖宗唐应弼原是山西洪洞人，明末逃避兵乱流落至此。当时此地人烟稀少，绿树丰茂，因名之“绿野村”，并定居下来。唐应弼生有三子，长门、三门以农为业；二门以商为主，至第四代唐景忠时，生意兴隆，财源茂盛，报为“百万富翁”。清乾隆六十年，唐景忠应诏赴京参加了“千叟宴”，受赐而还。唐家以农为本，以商兴家，商号遍及陕西、甘肃、四川、安徽、江苏、浙江、福建、辽宁等十三个省五十多个州县，商业街坊达九十余所，自称“汇兑中国十三省，包捐知府道台衔；马走外省不吃人家草，人行四川不歇人家店”。道光五年（1825），唐家请风水先生选定沟畔作为建筑基地，开始大规模建房筑院。每天做工的铁匠、木匠、石匠、画匠、普工就有340多名。咸丰元年（1851）工程分为11处，各种工人增至3200多名。直到同治七年（1868），历时43年，工程才基本完工。建成宫殿式庭院87院，约2700余间，其中以三层楼、转角楼、七檩六椽厅最为豪华。院内建有戏楼、假山、花亭、鱼池等，所有建筑全部是木、石、砖结构。木料多是从陕南、东北远运而回，石料是从十几里外的万寿沟所采，匠工也是从省内外请来的名流。这里的建筑基础坚实，每座房子都是用磨光的砖和精雕细刻的石头砌成，砖缝全用石灰、糯米汁浇灌。据说，当时夯打根基时，每人一天只打几个锤窝，晚上验工时，给锤窝倒上水，第二天如果水渗下去就必须重打。水磨砖，一人一天只磨两块，若不平整就得另磨。正是这样的高标准、严要求，才使得唐家大院的木雕、砖雕、石雕精美绝伦，号称“三绝”。

世事沧桑，繁华梦碎；风流云散，歌舞消歇。到1949年，历经百年风雨、战乱及唐家子孙的变卖，唐家旧宅存留下来的只有两进毗连的三院和其他两院（共五院）150余间、面积1483平方米的次等房舍，另有陵墓一座。这就是我们今天所看到的唐家大院或云“旬邑县唐家民俗博物馆”。看罢唐家旧居，我独自到村中走了一走，发现很多人家的院落里，都散落着一些雕刻精美的建筑部件或附件，如石础基、门礅石、砖雕屋脊等，让人生出“旧时王谢堂前燕，飞入寻常百姓家”的感慨。而有的人家，从门楼到正房，原来都是极其漂亮的清式建筑，如今则墙倒屋塌，野草丛生，一派荒废景象。

夕阳西下时，我们驱车往回走。汽车沿着山路上下回环，我的思绪也上下翻腾。

关中大地，我从东府游到西府，从宝鸡走到韩城，遍寻与山西王家大院或乔家大院可以比肩可以媲美的民居院落，也许还是孤陋寡闻，似乎并没有看到。韩城党家村作为一个整体保存下来的体现明清时期民居风格的老宅旧居村落，还是蔚为大观的，但也只是总体上看有些壮观，各家的院子内外，也许是岁月剥蚀以及保护不周的原因，还是缺乏那些能让人在艺术上细细欣赏和品味的精雕细刻，显得多少粗糙了一点。或者说，党家村展示的更多的是一个村子的民居艺术，而不是一家一户的庭院房屋建筑艺术。泾阳县云阳镇安吴堡的吴家，是关中地区的名门望族，当年也是富甲一方的豪门巨贾，从它留传至今的院落规模和建筑艺术看，也还是相当有气魄的，房子高大，庭院深深，中西合璧，也有可圈可点之处，也不乏让人惊叹让人流连的砖石雕刻，但是少，总体上看，还是显得疏阔了些，不能尽如人意。这一切似乎有些厚此薄彼的观感，也许都是源之于我和唐家大院的比较。

看了唐家大院，在我来说，确实有一种惊喜的感觉。出乎意料，令人叫绝。院子不大，二进式；院落不多，可看的也就是三个毗连的院落。可是，这里的每一处，每一个细节，都是精心设计的，精雕细琢的。从那细致雕琢出的深深庭院中，我们可以体会、可以想象这里曾经有过的细腻而精致的生活。这种甚至感觉有些太过细腻太过精致的生活，肯定不属于普通的农民，它是中国传统文人的格调和情调，是见多识广的官宦的品位和讲究。总之，从这些建筑细部中，我们可以看出，这里曾经属于一种富且贵的生活方式。游罢唐家大院，我有一种强烈的感受，觉得党家村的民居，更像是农村富户的居处，它是中国传统文化的，而且是中国传统文化中最为普遍最为流行的那一种，此即农民文化农业文明乡村审美，但是，似乎少了一种文人的气息。这个唐家人，给人的感觉，简直是太过讲究了。它差不多也是农民文化的农业文明的乡村审美的，但它在这其中，多了一些或一丝文人的品位和眼光。以农为本，以商兴家，耕读传家，晴耕雨读，物质生活富足或基本满足以后，就是劝勉供养子弟读书，学而优则仕，读书做官，最后在文化上对既存的已有的乡村审美农民文化农业文明进行一定程度上的革故鼎新，或者灌注某种更为精英的精神。也许从前的党家村人也走着读书做官的路，也耕读传家，晴耕雨读，但唐家人分明在审美上更为精细，这是文化上高人一筹的表现。唐家大院的建筑体现了北方四合院和江南苏杭园林艺术相结合的独特风格，所以，它是农民的，也是文人的。我们所看到的砖石木雕，或奇花异草，或珍禽瑞兽，或山水渔樵，或人物故事，艺术表现上精细无比、栩栩如生，同时都富有深刻的文化内涵，让人在欣赏之余回味深长。

几千年的中国农业文化和乡村文明，秉持着一个坚定的信念，那就是耕读传家。务农为本，读书为高，经商在传统观念里不被重视但能谋利富家，读书是正途，多少商人往往是正途走不通才去经商。读书也罢，做官也罢，经商也罢，凡是在外面的，无论活得多么光鲜亮丽，心里头惦记的，还是故乡那个家。所以，在外面挣了银子，总是要寄回来，要把自家的老宅子修得像模像样，一来光宗耀祖，二来也是最终叶落归根的去处。这是几千年来中国人最为深重的家乡观念，而这个家乡观念最终的表现形式，可能就是置一块地，建一个院子，盖几间房子，并在这个院落里处处植入自己的文化理念，育子育孙，教子教孙，再传子传孙。我们看那些过去的徽商、晋商，他们在外面做事无论做多大，怎样花天酒地，差不多都还要在故乡置地盖房，那些美丽的安徽民居、山西民居，很多就是这样建起来的。

这一切都俱往矣。如今的情况是，人们在故乡置地建房的观念几乎淡至于无。当然，有了回故乡置地建房的想法，也因为土地政策的限制而难以实现。所以，现在的乡村，以北方为例，民居盖得都不像样子，不今不古，非中非西，完全是一个过渡时期的景象，红砖垒墙，瓷片乱贴，四堵墙上压楼板，平房不像平房，楼房不像楼房，丑陋不堪，总有一天要拆掉的。为什么会这样呢？究其原因，一是农民经济能力不够，二是缺乏甚至根本没有建房的文化理念，更没有建房的审美理想。后一个原因更为关键。好房子是有钱人建的，更是有文化的有钱人建的。如今的乡村，有钱人也还是有的，可是有文化的有钱人呢？我的故乡就在乡村，我了解那里的情形。村里有钱的人都在想着如何跳出农门，自己跳，更要让子孙后代跳，想方设法跳。有文化的人呢？真有文化的人，差不多都在城里，他们真想在乡村建房，也不得其门而入呀。中国现在的土地政策，基本上还是铁板一块，被政府牢牢地死死地抓在手里。

想到这里，我愈发觉得唐家旧居之难能可贵。暮色苍茫中，我看到路上有一条若隐若现的标语，是关于新农村建设的。新农村建设，如果缺少有文化有理想的民居建设，会是怎样的建设呢？

苍山如海，远处夜色渐浓了。

家在半村半郭　人称非僧非俗

中国古代文人理想的居处环境是：“半村半郭”，即半城半乡。理想的身份是：“闲人”，“非僧非俗”。明代文人屠隆认为人生最理想的生活是：“楼窥睥睨，窗中隐隐江帆，家在半村半郭；山依精庐，松下时时清梵，人称非僧非俗。”“半村半郭”，是一半靠近乡村一半靠近城郭，清静，又不清冷，既有乡村的宁静与清闲，又有城郭的繁华与方便，可谓进退有据；“非僧非俗”，亦僧亦俗，闲适，又不空寂。这种生活方式，可进可退，真是占尽人间一切便宜。

何谓“闲人”，明代文人陈继儒在《偃曝谈余》中说：“不是闲人闲不得，闲人不是等闲人。”因为对一般人来说，“好山好水，清风明月，何尝见此风景。纵或见之，又何尝识此旨趣。劳劳扰扰，死而后已”。在这里，“闲人”是有特殊含义的。他必须在物质生活方面有“闲”的资本，精神生活方面有“闲”的素质才行。要达到这种条件是很难的，所以说“闲人不是等闲人”。

居室是人生活的必需。人对居室的选择与设置，可以看出一个人的思想追求与精神境界。在中国古代，房屋不仅具有遮风挡雨的作用，还是身份、地位的象征，居住何等规格的房屋有严格的等级标准，不得逾越。现代社会基本上是经济社会，没有了人的森严等级，人对居处环境的选择，固然反映了一个人的经济水平和能力，也仍然体现一个人的精神境界和生活趣味。从文人的趣味来说，中国古代文人一般并不羡慕居所的豪华、气派，而是追求居室的朴素、清雅，以体现他们思想的高洁，人格的不俗。文人居处，喜欢选在郊野或是山村，文人的居室，也多是陋室或草堂。从居室的审美特征上看，达官贵人一般喜欢追求雍容华贵，而平民和文士都喜欢一个"朴"字，如果说简朴体现了农人的特点，素朴体现了僧人特点，那么古朴就是文人雅士的特点了。

中国古代文人乐于在远离城市的山村居住，不仅因为这里空气清新，没有喧闹之声，还因为这里远离政治是非之地，人际关系简单而纯朴，也没有那些繁缛的礼节应酬。在这里，他们不仅拥有自己的活动空间，还拥有自己的精神家园。陈继儒在《岩栖幽事》中说："山居胜于城市，盖有八德：不责苛礼，不见生客，不混酒肉，不竞田产，不闻炎凉，不闹曲直，不征文逋，不谈仕籍。如反此者，是饭侩牛店，贩马驿也。"然而，真正能到深山老林居住生活者，除了那些一心隐逸之人外，一般文人很难做到。于是，移天缩地于所居之处的园林便应运而生了。

古代文人对居处环境的审美态度及文化观念，深刻地影响了后世的中国人。安家于半村半郭之间，实在是一个理想的居处。居住在这种能与自然山水相接的环境中，可以感受到人与自然和谐相亲、天人合一的意境，体味到古人所理想的诗意境界：“结庐松竹之间，闲云封户。徙倚青林之下，花瓣沾衣。芳草盈阶，茶烟几缕；春光满眼，黄鸟一声。”（陈继儒《小窗幽记·集景》）这确实是一种艺术人生，俗世的生活诗化、艺术化了。

乡居致友人

我在乡间已住了近一月了。这是我十四岁那年离开乡间，二十多年来在乡下居住时间最长的一次。离开繁华、喧闹的都市这么久，渐渐适应了乡间的生活节奏和习惯。每日走在乡间的土路上，我有一种成为农人的感觉。虽然仅仅是一种感觉，我却觉得非常美好和快乐。

这种美好和快乐只有我能体味。

与我常常感到厌烦的城市生活拉开距离，我对乡村、同时也是对一种接近自然的生活有了一种前所未有的亲近感。这种亲近感使我感到亲切而温暖。

城市远了。有时它已被我完全忘记。

感觉像一个农人。也许像一个隐士。或者兼而有之。我喜欢这种感觉。

傍晚时，站在门前看着田野里暮霭渐起，小路上一个个农人或荷锄或牵羊慢慢走回家来，想起古人“鸡栖于埘，日之夕矣，羊牛下来”的诗句，忽然间会产生一种异常古远的感觉，仿佛，此情此景已经延续了好几千年。

天色暗下来，农人已经归家，村子里真是一片安静。偶尔有犬吠声远远传来，间或也有小孩的叫闹声隐隐传来，却更显得乡间宁静无比。

天色再黑一些，隐隐觉得头顶有点亮，抬头看，原来是满天的星光。这真是无遮无拦的一天星光呵！就在头顶闪烁着。它唤起了我对儿时的回忆，因为这种洁净的星光只在我儿时的眼前闪现过。二十多年了，也见过无数漂亮的霓虹灯，不想，这满天的星光却让我如此动心。动心，是因为它们是那么纯净，纯净得有些凛冽。由于异常纯净，才显得那么灿烂。

夜里，几乎是一挨枕头，我就睡着了。乡村太宁静了，没有一丝干扰，很容易入睡。有时我也被一些响声惊醒，这是鱼跃击水面的声音。静夜里，鱼跃击水面的声音听起来非常之大，有时甚至惊动了邻居。我不知道这是鱼在欢跃，还是在追逐什么。夏天我在院子里修了一个养鱼池，放养了大大小小一百来条各色鲤鱼。白天，小鱼喜欢浮在水面而大鱼却躲在水底。到了夜间，大概是觉得没有了人的威胁，大鱼出来了，放着胆子畅游，欢蹦乱跳，故意弄出响声以示自由和高兴。最初，我听到噼啪声乱响时，以为这是鱼儿一不小心跃到岸上垂死挣扎的声音，因为我曾看见一条小锦鲤蹦到岸上死了。我就披衣起来，打着手电在岸上仔细照看，准备抢救遇难的鱼儿，久而久之，才知道这是鱼的一种游戏。鱼跃击水面的声音有一种力量美，惊心而动人。

再有的声音，就是风声和雨声了。夜里听风雨声，那真是很美的。若是柔风细雨，那就像是一个害羞的小女子欲来不来的样子，偷偷地藏在门外，躲躲闪闪的，招招手忽儿来了，迎上去忽儿又走了。若是大风大雨，那就像是旷野里万马在奔腾，真有排山倒海之势。此时披衣坐起，静听万马奔腾之声，心中会忽地生出一腔豪迈之情，思绪飘得很远。

当然，有月亮的夜晚也是非常美的。新月总是在后半夜悄悄出现于西天，细细一勾，好像谁在一块蓝晶体上不经意地划了一下，若有若无。而满月则在夜幕刚降时就升上东天，皓皓一轮，雍容安详。我喜欢月亮。乡下的月亮才叫月亮，而秋夜的月亮更是迷人。皓月当空，我爱到外面，在旷野里随意而走，随意而唱，敞开嗓子放声歌唱，古今中外，由歌曲而戏曲，会唱的就唱整首，不大会唱的就唱一两句，尽兴而归。

由于睡得非常踏实，早晨常常很晚才醒来。常常，鸟雀们在院子里乱叫，把我吵醒。院子里花木多，又修了一个养鱼池，加之我常不回来，清静无扰，这里就成了鸟雀栖息的好环境。有一天早晨，我被鸟叫声惊醒了，听到外面鸟雀叽叽喳喳叫成一片，真不知有多少，简直是在开大会。有几只鸟儿还不断地往窗户上扑撞，试图在那里栖息。我悄悄下床，揭开窗帘一看，哇，院子里满是鸟雀！墙头上，旁屋顶上，晾绳上，电线上，左一排，右一排，横一排，竖一排，都是整整齐齐地栖在那里；而桥栏上，树枝上，花叶上，更是压满了一团团、一簇簇的雀儿，有数百只之多！它们此起彼伏地乱叫着，不知是争论，还是在比赛。这些鸟儿一个个扬着可爱的头，一边机灵地东瞅西望，一边吱喳乱叫。我在帘后偷偷地观察着它们，心想：它们也许是在开全村鸟儿的代表大会吧。还有好多只鸟儿飞来飞去，它们飞到哪儿，哪儿的鸟叫声就更响亮，这些鸟儿像是鼓动者。这个代表大会大约开了一个多小时，忽然，一只鸟儿突然飞起，其他的鸟雀们也都轰的一声随之起飞，散入晴空之中。

此后，我就开始注意院子里的鸟儿。原来，除了大批的麻雀，我这小院里还有一些其他的不知名的鸟儿。常来的，是两只有着黑亮的头和翅膀而肚下却一片雪白的鸟儿，世上竟有如此黑白分明的鸟儿！它们比麻雀体长，比麻雀也机灵得多，飞得也快，一展翅就窜得不见影儿了。也有一些五彩斑斓的鸟，只是不常来。很有意思的是麻雀们的归巢。每到傍晚的时候，住在这里的麻雀们就都飞回来了，一见有人，它们忽儿落下，忽儿又飞起，吱喳乱叫着，不敢栖息，显得极其敏感。看它们惊惊惶惶的样子，我只觉得好笑。院子里的那棵棕榈树可能是麻雀们的一个巢，我怀疑它们就栖在棕毛丛里，因为我常见它们落在棕树上，然后就不见了。但我没有好事去看看究竟，我想还是不打扰它们为好。

我这里开门就可以望见南山，真正是“开门见山”。那南山就是终南山。与我屋门正对的，就是太乙宫，那是终南山的一个入口。开门见山，我容易想起两个人，一个是陶渊明，一个是王维。想起这两人都是因为他们的诗句。陶氏有“采菊东篱下，悠然见南山”，王维有“太乙近天都，连山到海隅”。现在正是秋高的时候，我家的院墙下，正盛开着或金黄或雪白的各色的菊花。我没有陶氏的采菊之举，却多少也有一点悠然，心中就念想着，应该把我的居处称为南山居。新挖的养鱼池虽是一个大池，却也蜿蜒有致，其上又修有一桥，我想可把这水称为蓝溪，自己就称蓝溪先生吧。望着南山，有时这么胡乱想着，也会哑然失笑，觉得自己似乎真的做起隐士来了。

每日早晚，闲来无事，我也常常在村子周围走走。

村东半塬上，有一个唐时修的寺院，叫兴教寺，是唐高僧玄奘遗骨的迁葬地。该寺院在唐时被称为“樊川八大寺院之首”，可以遥想当时的辉煌景象。这个寺院建在少陵原畔上，南对终南山，俯视樊川，苍松翠柏环抱，感觉甚是清幽。寺西是三座唐塔，寺东有一个藏经楼，中院是三进院落。虽然没有晨钟暮鼓，远望却也让人生出许多遐想。村东是一片围墙围着的苗圃，占地一百亩，那是一个培育树木种苗的地方。现在苗圃里正在修建道路，据说那里要建成一个既可以育苗又可以度假休闲的地方。是那庞大的推土机缓慢移动的身影，偶尔唤起我的时代意识。

离开乡间已经二十多年，农活我已经干不动了。想我小的时候，在这里，那可是什么样的活都可以插手干的啊。现在，我动手铲土，想把花圃弄整齐，铲两下就觉得手臂没有劲了。可是，我还是喜欢干一点活的。有两天的时间，我从早到晚，在院子里一丛一丛地种草。我在苗圃买了两筐草，那种草坪草，自己提了回来，然后一把一把地种下。自然是累得腰酸腿疼，但劳动过后却有一种说不出的畅快。晚上躺在床上，虽然疲乏得不想动，却觉得筋骨活动开了，很快就香香地睡着了。

当然，在乡下，我更多的时间是看书。白天，我常常把沙发搬到院子里，躺在阳光下的树荫里，身旁放一大摞书，随意翻着看，想看就看，不想看就扔。我最喜欢的是夜晚读书。夜里，我斜倚在床边，泡一杯苦茶，就一点灯火，拿一本喜欢的书，读下去，常常浑然忘却时间，不知鸡已啼鸣。与在城里不同，在这乡间，我很少看西方人的著作，也很少看今人的著作，多是看中国古人的书。说起来有些奇怪，在乡间读古人的著作觉得特别相宜，心能沉下去，而读西人的书和今人的书，总觉得与情境更与心境不那么相宜，看不进去。

这一段时间，我读得最多的，是袁宏道的小品文。以前虽然也知道这个袁中郎，大约也读过他的东西，但已没有印象，现在读来，却有一种特别的亲切。我读的是今人选注的一本明代小品三百篇的集子，其他人的文章也看，个别也有喜欢的，但我似乎更喜欢袁中郎的。后来，再读历代文选，不知怎么的，我就是喜欢有明这一个时期的。也许我现时的心境与明人特别是袁中郎那里有什么特别的契合吧。不知道，我没有深想。四十岁以后，读书已经不是为了什么，而全然是因为心境的需要。在乡间尤其如此。

袁中郎的游记向为人称道，我觉得他的游记确实是好，而他给友人的书信也颇耐看。他的《答谢在杭司理》，起首有这么几句："三弟盛称在杭胸怀如月，诗思如水，酒态如春；每踞石临流，未尝不思及兄。""胸怀如月，诗思如水，酒态如春"三句非常精彩，把朋友的情状及对朋友的认识一下子都写出来了，尤其是"酒态如春"更是妙极，形容人的酒态，用一"春"字，极恰切而又堪玩味，真是妙不可言。我读书少，不知前人是否也这样形容过？再看他的《答梅客生》："一春寒甚，西直门外柳，尚无萌蘖。花朝之夕，月甚明，寒风割目，与舍弟闲步东直道上，兴不可遏，遂由北安门至药王庙观御河水。时冰皮未解，一望浩白，冷光与月相磨，寒气酸骨。趋至崇国寺，寂无一人，风铃之声，与猧吠相应答。殿上题额及古碑字，了了可读。树上寒鸦，拍之不惊，以砾投之，亦不起，疑其僵也。忽大风吼檐，阴沙四集，拥面疾趋，牙齿涩涩有声。为乐未几，苦已百倍。数日后，又与舍弟一观满井，枯条数茎，略无新意。京师之春如此，穷官之兴可知也。”读此文时，我拥被在床，至读“冰皮未解，一望浩白，冷光与月相磨，寒气酸骨”一段时，我也感觉“寒甚”。那料峭春寒似也袭入，真有寒气酸骨之感。此段描写也形象如画，那“冷光与月相磨”，不仅有视觉形象，似也闻其冰剑月刀磨击之声也。读中郎文，其文笔之美能打动你，其人之雅也能折服你。“寒风刈目”，却还“兴不可遏”，到处游走，雅兴真够大的。我特别欣赏古人的通信，那不是一般的为公事或私事的通话，不是冷冰冰的公事公办，也不是细闻琐事的絮叨，更非虚与委蛇的应酬，而是一种精神上的交流，一种情感上的互通，一种关于美的体验的分享。

一些古人的书信真可以说是“美文”，王维的《山中与裴秀才迪书》也是我非常喜欢的。王维在山中写这封信的蓝田辋川别墅离这里不远，其书中所写的山川风物我也都熟悉，故读起来特别亲切。我常常用毛笔蘸水书写这封信，慢慢写，慢慢体味，越品，觉得滋味越是深长。

在乡间的这一个月里，我偶尔也回过城。我来时带着传呼机，带传呼机主要是因为多年来我从不戴表，传呼机已经成了我看时间的表。传呼机在这里一般收不到信息，因为我们村后是一个高高的土塬，它阻挡信号，但在晴朗的日子里，有时也能收到个别信息。我那次进城，就是一个朋友呼我才回去的。那是一个朋友的生日聚会，我赶到的时候，已是天黑时分。吃过饭，大家聚在朋友家里，弹琴复唱歌，后来又谈古论今。那一群人中，有几个是搞音乐的，有一个男士钢琴弹得特别好，他弹了几首古典曲子，又弹了他自己创作的曲子。还有几个女士，歌唱得非常好，外国的，中国的，美声的，通俗的，随意而唱。后来就开始点歌，我点了《阳关三叠》。在听《阳关三叠》的时候，我才感到，我的思绪在突然间由有明一代跨进了唐代。那时，我才深深意识到，我这一段时间，对明人特别是对袁中郎沉迷有多深。由唐再往魏晋以至先秦回溯，我觉得思路豁然开启，那一刻，真有思接千载的感觉。后半夜的时候，大家兴尽而散，我出门乘了一辆出租车又回到乡下。

这次在乡下居这么久，也是因为我在这里要给母亲行三周年祭祀之礼。母亲辞世后，就安葬在少陵原上。乡下人对亡人的三周年祭祀非常看重，认为死者经过三年的阎王府审问生活，三年之后就可以投胎转世或升入仙界了，所以供奉的牌位上不能写“灵”字而要写成“神位”。古人有语：“礼失，求诸野。”乡下人办婚丧之事的礼仪很有讲究，有大礼、一般礼之分，仪式也很繁多，我在经历过程中，也长了不少见识。此事前后忙了约一周的时间。给母亲行罢祭祀之礼，我也不想回去，就在这里住了下来。

在乡下，我望着天上的秋云，常常想这几千年来中国人的人生方式。想得最多的，当然还是文人的人生方式。古往今来，大多数普通人，应该说其生存方式都是听天由命，随波逐流的。只有少数精英人物，他们可以在选择中寻找自己的生命位置。文人，应该说也属于精英人物。他们在读书中开阔了视野，而后又在行路中寻求自己的安身立命之所。这安身立命之所，无外乎“出”与“处”两者，即仕与隐两种方式。今人的出国也罢，下海也罢，实际上是“出”的现代翻版。受儒文化思想影响，我们历来对入世的人生方式持肯定的多，而对出世的人生方式往往持一种含蓄的保留态度，认为那是消极的，不是那么可取的。很多人认为，那是有些人人生失意后所采取的一种不得已的方式，是弱者的自我消解方式。我却不这样看。我认为，一个人在这宇宙中，有三个可以面对的对象：一是人，一是社会，一是自然。前两者，人与社会，即所谓“世”，都与每个人的生存紧密关联。而自然，在人类的不断进化过程中和在人对自然的侵入或曰自然的人化过程中，渐渐成了人的一个生存背景，自然与人的亲密关系渐渐疏离，而在愈来愈多的后来人眼里，自然更成了一种可亲近亦可疏远的环境。“出”或“仕”，被称为入世，而“处”或“隐”被叫作出世或避世。在我看来，世人包括文人，有人愿意入世，也有人更愿意出世，当然，更多的人是既想入世亦想出世，入和出的心理时时矛盾着、交替着，这其实是人对自身所面对的三种客体对象所采取的或亲或疏的选择罢了。入世是一种功利的人生态度，因为这与人的现实生存有最直接的关联，人要生存，此项选择便很难免除；而所谓出世，则基本上是一种非功利的或功利性不强的或审美或哲思的态度，因为这种生存方式采取的是与人的现实生活悖反的方式，它背对现实，却更接近人的内心生活，是人内心生活的需要。隐者的态度，是一种力求将内宇宙与外宇宙广泛联系起来的人生态度。其实，隐者的所谓出世，并非要逃离这个世界，而是他们把自己的心思与兴趣投入了大自然之中，他们在出世俗之世的同时，却投入了“大自然母亲”的怀抱之中，在自然之中，他们才感到或更感到适意、自在与完满。“独坐幽篁里，弹琴复长啸。深林人不知，明月来相照。”王维坐在他的“竹里馆”里，并没有孤寂一人的凄凉感，而全然是自在适意的满足。隐者对自然的态度，或拉远了静观，或游栖其间深深地品之味之，是心与物之间的既深且妙的沟通与交流。自然的含义在这里既是空间上的也是时间上的。“悠然见南山”，有空间，也有时间。“行到水穷处，坐看云起时”，有空间，也有时间。

喜爱自然的人，对“世”大概都有些厌烦，能逃出来则快活得不得了。且看袁中郎的《给聂化南》：“败却铁网，打破铜枷，走出刀山剑树，跳入清凉佛地，快活不可言！不可言！投冠数日，愈觉无官之妙。弟已安排头戴青笠，手捉牛尾，永作逍遥缠外人矣。”袁宏道的游记之所以写得好，全在于他有一份热爱自然之心。他是用心去感受的。他笔下的景中，是深融入了他的情的。也许是大自然澄明的缘故，喜欢面对自然的人，心中也都是非常纯净的，纯净得甚至有些纯粹，不容一点杂质。他们的精神在与自然的沟通与交流中，心地也变得与宇宙一样阔大，与自然一样丰富，与天籁一样细微。

录王维《山中与裴秀才迪书》与君，或可给君之都市红尘生活洒几滴清凉的雨露。君或意兴忽至，翩然驾临乎？

近腊月下，景气和畅，故山殊可过。足下方温经，猥不敢相烦。辄便往山中，憩感配寺，与山僧饭讫而去。北涉玄灞，清月映郭。夜登华子冈，辋水沦涟，与月上下。寒山远火，明灭林外。深巷寒犬，吠声如豹。村墟夜舂，复与疏钟相间。

此时独坐，僮仆静默。多思曩昔，携手赋诗，步仄径，临清流也。当待春中，草木蔓发，春山可望。轻鲦出水，白鸥矫翼。露湿青皋，麦陇朝雊。斯之不远，倘能从我游乎？非子天机清妙者，岂能以此不急之务相邀，然是中有深趣矣。无忽。

桂香染书香

读书倦了，合上书，忽然一阵清香飘来。书香吗？寻香找去，原来是桂香。时值八月，桂花开得正好，庭院里那棵金桂满身浓浓的香气正随风飘入窗来。

桂花小而密，火柴头大小，金灿灿的，一枝又一枝，隐在满树的绿叶之间。不经意，还不大容易发现。等你闻到香味仔细瞧去，又会发现她们是那么密实，满枝满树呢。

一个宽展而宁静的书房，是所有喜爱读书的人的一个理想。书窗之外的庭院里，四时又有好花相伴，花香染书香，岂不更佳？

能读书是人生的一个境界，会读书又是一个境界，而在一种特殊的自己喜爱的境界中读书，自然又是一种境界。

读书是人生一大乐事。曾见一联云：人生之累累在衣食住行之间，读书之乐乐在声色犬马之上。晚明文人陈继儒一生酷好藏书和读书，他对弟子说："吾读未见书如得良友，见已读书如逢故人。"他在《读书十六观》中引南宋倪思论读书的话："松声、涧声、山禽声、夜虫声、鹤声、琴声、棋子落声、雨滴阶声、雪洒窗声、煎茶声，皆声之至清者也，而读书为最。”读书不仅极乐，而且极雅，是世间声之至清者之最。

古代文人理想的读书境界是：红袖添香夜读书。而最享受的读书是：雪夜闭门读禁书。杭州西湖刘庄的主人刘学询曾有一联：竹里坐消无事福，花间补读未完书。这话说得很有道理。只有具备了“竹里坐消无事福”的条件，才能有“花间补读未完书”之举。而“花间补读”，说的正是闲下来的境况，所谓“无事福”，说的也是读书与其环境的关系。

读书人需要一个好的书房，最好再有一个与书房相对应的庭院环境。明代学者归有光在庭院中种植了兰花、桂树、竹子及各种花草，庭院郁郁葱葱，十分秀雅，他在屋内或读书，或沉思，十分惬意。“借书满架，偃仰啸歌，冥然兀坐，万籁有声。而庭阶寂寂，小鸟时来啄食，人至不去。三五之夜，明月半墙，挂彩斑驳，风移影动，姗姗可爱。”良辰美景自家院，诗情会沿着花木而攀长，文思会随着流云而飞扬，所谓“晴空一鹤排云上，便引诗情到碧霄”。

桂香飘进书房，确实令人心醉。书也有香气，所谓书香，那是一种淡淡的纸香。书香因了桂香的浸染，香气似乎更为浓烈了；桂香因了书香的熏染，香味似乎更为纯正了。

书房外有一株桂树，真好。

“最重要的则是发现人的心灵”

1992年的某一段时日里，我深深地沉迷在一个人的一本书中。这个人叫伊利亚·格里戈里耶维奇·爱伦堡，这本书叫《人·岁月·生活》。我现在努力地回忆是1992年的哪一段时日，是哪个季节，但是已经想不起来了。印象中——不，应该是感觉中，读这本书时是在冬天，因为有一种寒冷的记忆。寒冷，但让人激动。这个印象或者说感觉非常深刻。不可能是1992年的冬天。因为读了这本书我当时深受感动和震动，当时曾在陕西省作家协会院子里向人宣扬，路遥说，这书他看过，他看的是“文革”前出版内部发行的版本，有好几册，路遥在这一年的11月去世，所以不可能是这一年的冬天。也不大可能是1991年的冬天。因为我读到的这本《人·岁月·生活》，是花城出版社1991年11月出版，我从一位同事那里借到的。书11月出版，进入书店系统流通，从广州再到西安，在20世纪90年代初，物流不像今天这么快，同事买回家，又被我偶然看见借走，不大可能在一两个月内完成。所以，我想，我读这本书的较为准确的时间，应该是1992年初，那个漫长的冬季还没有结束的那一段时间。

现在我知道了，这部书在中国，至少有六个版本。 据有关资料，作家出版社于 1960 年代出版过四卷本的《人·岁月·生活》，其中第 1 部于 1962 年出版，第 2 部于 1963 年出版，翻译出版时间几乎与爱伦堡写作和发表的时间同步。 这是第一个版本，就是路遥说的他读过的那个版本。 这个版本我没有见过。人民文学出版社 1979 年 4 月再版了曾以作家出版社名义印行的《人·岁月·生活》第 1 部至第 4 部，1979 年 12 月印行了第 5 部，1980 年 5 月印行了第 6 部，均标明为“内部发行”。 这是第二个版本。 我后来在孔夫子网上淘到了这个版本的全套 6 部。 花城出版社 1991 年 11 月出版了一个白色调子封面的节译本，林贤治是责任编辑，收入“人生之旅译丛”，只印了 1490 册。 这是第三个版本，也是我当时读的版本。 1998 年 1 月，花城出版社又出版了一个黑色调子封面的节译本，还是林贤治的责任编辑，收入“流亡者译丛”，在原来的 1490 印数上增印了 6200 册，标明为 1981 年 11 月第 1 版，1998 年 1 月第 2 次印刷。这应该是第四个版本。 我买了这一个版本。 海南出版社 1999 年 10 月出版了全译本，分上中下三册出版；2008 年又出版了上下卷的全译插图本。 这应该是第五和第六个版本。 我买了上下卷的全译插图本。 国内的这六个版本其实主要是两个版本系统，一是全译本，一是节译本。 全译本第一部前 11 章由王金陵翻译，全译本其他部分和节译本的译者都是冯南江和秦顺新。秦顺新还是我们西安人。 我读这部书之所以被深深迷住，一个重要的原因，是这部书的译文非常漂亮，雅，畅，生动。

《人·岁月·生活》是爱伦堡的回忆录。 作为苏联新闻记者和作家，伊利亚·爱伦堡经历了第一次世界大战、俄国革命和内战、西班牙内战、斯大林的统治、第二次世界大战以及冷战格局形成等重大历史事件。当他开始写作回忆录《人·岁月·生活》的时候，同代人多已烟消云散，他几乎是硕果仅存的、曾经在巴黎见过列宁的“老革命”。爱伦堡所经历的时代，是《巴黎的陷落》《暴风雨》《九级浪》《解冻》（皆为爱伦堡小说作品名）的时代，他说，“我的许多同龄人都陷在时代车轮下了。我所以能幸免，并非由于我比较坚强，或是较有远见，而是因为常有这种时候：人的命运并不像按照棋路下的一局象棋，而是像抽彩”（全译插图本第3页）。既然命运让自己逃过了一次次劫难，他就有责任把过去的一切都写下来，因为对于一个依然深陷在苦难中的民族来说，“活着”的同时还必须“记住”。这部回忆录自1960年在苏联《新世界》杂志上陆续发表后，在苏联及西方社会引起强烈反响和激烈争论。因是之故，当时的中共中央宣传部领导要求将这部作品尽快译出，以内部发行的方式出版，供有关方面参考。该书当年虽然印数有限，但流传甚广，曾对一代知识分子产生了深刻影响。北岛在谈到这部书时曾说过这样的话：“我们至今都不知道，是哪只手浑水摸鱼，在这套专为高干阅读的内部读物（即所谓黄皮书）中，选上包括《人·岁月·生活》在内的近百部世界文学的现当代重要作品的。后来赶上‘文化大革命’的混乱，最终落到我们手中。我常为我们这一代感到庆幸，若没有高压和匮乏，就不会有偷尝禁果的狂喜。……在高压与禁忌的年代，《人·岁月·生活》成了我们窥视世界的秘密窗口。”路遥说他读过这部书，显然也受到其一定的影响。

这部书现在看来，正如全译插图本广告语所说的，确实是“‘解冻文学’的开山巨作，欧洲的文艺史诗”。我今天再读这本书，觉得它是关于历史与人的回忆，也是关于历史与人的思考。“谁记得一切，谁就感到沉重”，这是爱伦堡在全书第一章引用的一句谚语。为什么要写回忆录，他说过的一些话，值得我们深思，“在半世纪内，多次变更对人对事的看法”，“当目击者沉默的时候，野史奇谈便应运而生”。世事沧桑，白云苍狗，但是，是谁说过这样的话，“看法总是要陈旧过时，而事实永远不会陈旧过时”，所以，及时地回忆与记录，对自己，对历史，都显得非常重要。长达 6 部 140 多万字的《人·岁月·生活》写于爱伦堡的晚年，这是一个人经过了许多血与火的生活洗礼因而显得更加辽阔丰饶的年龄，也是一个生命经过数十年岁月的沉淀因而显得愈为深沉透彻的年龄，所以这部书真的可以说得上是蕴含深广。

现在回忆我在 1992 年初，那个寒冷的冬天还没有退去的时候，读节译本时的感受，我清楚地记得，我的着眼点更多的不是它所蕴含的“历史”内容，而是它对“人”的描写。说实在的，此前，我还没有读到过哪个作家把人写得如此的性格鲜明，如此的传神，而且，如此的深入。我当时曾经想过，也许只有爱伦堡才能做到这样，因为他既具有新闻记者的敏锐，又有社会活动家的见多识广，还有作家的形象描绘能力和思想者的高度概括力。爱伦堡写人，几笔就把这个人的精神气质勾画出来了。他这样写俄国女诗人茨韦塔耶娃：“我认识马林娜·伊万诺夫娜·茨韦塔耶娃的时候，她是二十五岁。她那桀骜不驯而又惘然若失的神态令人惊奇；她的仪表倨傲——仰着头，前额很高；

而双眸却泄漏了她的迷惘：大大的、软弱无力的眼睛似乎看不见东西——马林娜是近视眼。”爱伦堡写人，不止于“叙其形状”，不流于记事，他往往用几句简明扼要的话分析概括一个人，抓其特征，显其个性，这其中有着作者对人深刻的洞察和理解。他这样描述并评价法国作家纪德：“安德烈·纪德于1936年冬到苏联，他毫无保留地赞美一切，但回到巴黎后，却同样毫无保留地责备一切。”“他像一名传教士；他有一双聪明的眼睛，一双纤巧的、富于表情的手；……但他的主要特点则是极度轻率。一部分人赞赏他的勇敢，另一部分人则反之，责备他过分谨慎；但螟蛾之所以扑火并非因为它勇敢，它避开人们飞去也不是因为它谨慎，他既不是英雄，也不是自私的家伙，他只不过是一只螟蛾。”“无论他写什么——写尼采或陀思妥耶夫斯基也好，写虚构的主人公或亲近的朋友也好，写同性恋或法国的毁灭也好，——他只看到自己、赞美自己或对自己感到吃惊。”这种剖析凸现了纪德这个作家更内在的一些东西。

爱伦堡不仅是一个作家，还是一位新闻记者、政论家和社会活动家，因此，他看人、看问题，就具有一种较为宏阔的历史视野和社会眼光。他的社会活动家身份与他的作家身份并不矛盾，他既从文学艺术的角度看人，又从社会历史的角度看人，这使他对人的把握更全面，更深入。每一个有成就的作家、艺术家，在思想和个性上都有其独特甚至非凡之处，因此才能卓尔不群以至彪炳千秋；但这种独特的个性、自己的思想，在某一特定时期，也许与周围的环境乃至时代发生矛盾和冲突，个性的更进一步发展一方面也许能成就一个人，另一方面也可能造成个人的悲剧。爱伦堡对许多同时代人的回忆，既写他们的个性以及性格中的丰富性，也充分展示他们性格中的矛盾性。这种矛盾性既有个性自身的矛盾，也有个性与环境、与时代的矛盾。他写俄国象征派诗人巴尔蒙特：“一场空前的风暴逼近了，但一个落伍的抒情诗人却向刮来的第一阵风提出了天真的请求——但愿是一阵微风。”他借马林娜·茨韦塔耶娃的诗概括苏俄诗人沃洛申：“他来到五光十色的时代——却只有孤独。”他写法国画家莱热：“他的悲剧在于他的面前是鉴赏家们挂满了他的画的客厅的墙壁，因此他就看不见新的社会建筑的墙壁了。”他写俄国作家别雷：“他身上充满了不幸：爱情的悲剧、和勃洛克的友谊、经常的失望情绪、文学事业上的孤独。早在 1907 年他就给自己写下了一墓志铭：他相信金色的光辉，却死于太阳的利箭；他用思考衡量时代，却不善于度过一生。他五十四岁去世，不是死于太阳的利箭，而是死于疲劳；他想和时代的步伐一致，但往往不是超越时代，便是落后于时代——‘不善于生活’。”爱伦堡对帕斯捷尔纳克的描写尤为精彩：“他听得见别人听不见的声音，听得见心脏的跳动、青草的生长，却听不见时代的脚步声。”爱伦堡引用法国诗人保罗·艾吕雅的话“诗人应该是一个孩子，即使他已白发苍苍、血管硬化”，然后说“帕斯捷尔纳克身上就有一种稚气。他那看来天真幼稚的见解正是一个诗人的见解”。他抓住了帕斯捷尔纳克独特的艺术秉性和精神气质，也指出了这个《日瓦戈医生》作者的个性与特定的历史时代的矛盾。作家坚守其个性，与时代发生冲突是常有的事，甚至与时代保持紧张与对立，也是极为正常的事。这也许就是帕斯捷尔纳克之所以为帕斯捷尔纳克的一个重要原因。爱伦堡的某些观点如果换一个角度看，也许未必人人都能赞同，但他将作家、艺术家的个性同时代联系起来，在一个广阔的斑斓多姿的背景上观照一个人，既凸显了人物的个性，凸显了人物的特立独行，也使人物获得了一种来自历史背景上的分量。

爱伦堡写人是真正做到面对面的，既不是仰视，也不是斜视，用他写帕斯捷尔纳克的话说：“我将要描绘的既不是一尊圣像，也不是一幅漫画，而是肖像的习作。”同时，他写人，特别重视深入人的内心世界。他在写一个不到二十岁就牺牲的女游击队员伊娜时说：“人们早先是发现大陆、岛屿，不久大概就要发现行星，但对于一个作家来说，无论是过去或是在未来的一切时代，最重要的则是发现人的心灵。”关于法捷耶夫，爱伦堡这样写：“人们常说他才气横溢、聪明过人，说他具有钢铁般的意志，深为斯大林所器重。……我现在想描述的是另一个法捷耶夫——不大为人所知的法捷耶夫。”“法捷耶夫是难以描述的——他是个十分复杂的人。”他主要写了法捷耶夫内心的矛盾，作为一个作家和作为一个领导人之间的矛盾，从艺术角度看问题和从政治角度看问题的矛盾，良知与政治态度之间的矛盾，既不贬低，也不辩护，如实地反映法捷耶夫，深入地揭示其内心的困惑和痛苦。这使我们看到了这个作家最后选择自杀的比较充分的心理原因。他写法捷耶夫有次在报告中揭露某些作家包括帕斯捷尔纳克“脱离生活”，但会后却急切地在咖啡馆中背诵帕斯捷尔纳克的诗句，说：“您想听听真正的诗歌吗？”背诵得忘乎所以，简直停不下来了，偶尔中断一下也只是为了问一句：“好吗？”极其深刻地揭示出了法捷耶夫艺术家的良知与政治需要之间尖锐的冲突。爱伦堡一边描述着法捷耶夫，一边对他进行深刻分析：“在这里，在一个作家同作家协会的一个领导人之间存在着一座桥梁，但有时也存在着一道鸿沟。”“他喜爱诗歌，但更强烈地喜爱自己一生的基本路线，在四分之一个世纪里，他同千百万他的同时代人一样，把对主义的忠诚同斯大林的每一句话联系在一起，不管这句话是否正确，这不是他的过错，而是他的不幸。”知人论世的精警分析，概括了一个复杂的法捷耶夫，也概括了一代人。

爱伦堡的《人·岁月·生活》对我的影响是很大的。我后来写过不少关于作家的印象记类文章，别人可能不知道，我自己心里清楚，我在很多地方都是学的爱伦堡。

唱歌是心的声音

有一次，一个朋友问我，如果这个地球即将毁灭，让你移居另外一个星球，搭乘太空飞船时，只允许你带三部书，你带哪三种？我认真地想了想，说：如果只让带一部，我带《陶渊明集》；带两部，我加上《红楼梦》；带三部，我再加《约翰·克利斯朵夫》。

读罗曼·罗兰的《约翰·克利斯朵夫》的时候，我二十岁出头，没有成家，没上大学，还在陕西钢厂当工人。1979年冬天，我被借调到厂保卫科帮忙。我在保卫科的工作，主要是晚上巡逻，每天晚上，穿着棉大衣，坐在偏斗三轮摩托车上，绕工厂围墙外转上几圈。抓到过来厂里偷东西的。偷东西者趁着夜幕，先把东西从厂区扔出围墙，围墙外是野地荒草，然后再从厂大门出来，找到扔东西处，拿上东西走人。我们巡逻时，往往是先发现荒草丛中的东西，然后就在东西周围埋伏起来，等人来取时，几把强光手电照在来人脸上，人赃俱获。一个冬天，贼没有抓到几个，倒是经常碰上冬夜里躲在荒草丛中谈恋爱的。遇到"坐而论道"的，劝其离开；遇到"耍流氓"的，驱散，甚至抓起来带到保卫科问个究竟。我记得，那一年冬天从各车间借调到保卫科晚上巡逻的，连我一共有三人，皆年轻未婚，当然，我们只是小喽啰；领头的是保卫科的两个干事，一个年龄大一些，坐镇办公室，一个年龄三十出头，未婚，大个子，经常是他带我们巡逻。大个子对他的保卫干事身份和保卫工作显然是引以为豪的，既盛气凌人也很敬业，遇到审问什么的都是他的事。而我，只是图这份工作还比较清闲，可以看书。每天晚上十一二点和凌晨两三点出去巡逻一圈，大多时间是平安无事，我们就可以在烧着钢炭炉火的办公室里待着。就是在这个冬夜的巡逻的间隙，我读完了四厚册的傅雷译的《约翰·克利斯朵夫》。

我读书的兴趣，小学、初中时期主要是读小说，读的是中国小说，时间顺序大致是由今而古，到了高中阶段，迷上了读中国古代诗词和散文。高中毕业以后到读大学前这五年左右时间，喜欢读外国文学作品，主要是小说，其次是诗。《约翰·克利斯朵夫》是我当时读到的外国文学作品中，我最喜欢的一部。这种喜欢之情延续到了后来，无可替代，以致说到只带三部作品去外星球时，我选的唯一外国文学作品就是它。

这部小说写的是一个人的成长历程，一个天才音乐家同时也是一个知识分子精神成长的历程，人在成长过程中可能有的种种精神状况，混沌，矛盾，暧昧，迷惘，骚乱，冲动，都写出来了。我当时读这部作品，还不可能也没有想到对它进行总体的把握，只是由着性子或者说依着兴趣而读。读这部书，我当时感受最深的一点，是它在写人成长的时候，表达了这样一个意思，这就是人要成为人，首先的和最重要的，不是战胜外部世界，而是要战胜自我。对于一个天才来说，战胜外部世界可能都不重要，有时你甚至能轻而易举地打败外部敌人，因为你是天才；而要战胜自己，则是非常重要也是非常艰难的。我后来知道我们中国的老子说过这样的话：“知人者智，自知者明；胜人者有力，自胜者强。”我那时也是青年，对人生有许多憧憬，也有许多迷惘，对当工人极为不满，但看不到出路，想当钢厂子校的小学教师也不得其门而入，内心里有许多欲念和想法，但对人生不懂，许多道理也不明白。读了这部小说，人要“战胜自我”这一点首先启发了我。

在我当时读过的所有外国文学作品主要是欧洲文学作品中，我之所以最为喜欢《约翰·克利斯朵夫》，可能与我的气质和性情有关，我不大喜欢像巴尔扎克那样的主要写人的外部行为以及人与外部世界关系的作品，我更为喜欢写人的内部世界特别是精神世界的作品。如果用“史诗”来评说的话，像巴尔扎克那样的“人间喜剧”主要是客观世界或者说是社会生活的史诗，而《约翰·克利斯朵夫》则是人的精神的史诗。《约翰·克利斯朵夫》是一颗坚强刚毅的心如何战胜自己心灵深处的怯懦卑鄙并在与社会的反动势力搏斗中心灵历险、精神升华、自我完善的史诗。约翰十五岁那年，他的父亲因酒醉掉到沟里淹死了。他在痛苦中觉悟：“宁可受尽人世间的所有苦难，也不能落到这个地步！”他看到人生是一场无休止的无情的战斗。他听见了自己的“上帝”在呼喊：“奋斗，奋斗，永不停息。”人活着不是为了幸福，而是为了完成“上帝”交给自己的任务。“必须完成你的使命——做一个人。”江声浩荡，钟声复起……在江声与钟声中，音乐家克利斯朵夫成长，反抗，进取，冲破狭窄天地，迈向更高的境界，其昂扬的奋斗精神与人格力量感人至深，催人奋发。

这部作品涉及的艺术观对我启发也很大，印象极深，至今难忘。约翰是一个音乐天才，他在成长过程中，受到了来自两个方面的艺术观教育，一方是他的祖父，一方是他的舅舅。约翰的祖父和父亲都是宫廷音乐师，他的祖父米希尔在约翰小时候，常以做名人和出名来引诱和教育他，并不惜将自己的作品混入约翰的作品冒充约翰之名而演出，为的是让约翰出名。但约翰却从舅舅那里接受了另一种教育。他舅舅名叫高脱弗烈特，是个地位卑微的流动商贩，常出没于大自然和乡间。祖父和父亲都瞧不起他。但舅舅是个独立自由的人，他懂得很多古老的谣曲，并能在大自然中体验音乐的美，歌唱得十分动人。他告诉小约翰，唱歌是心的声音，“一个人需要唱、应当唱的时候才唱，不应为了娱乐而唱”，“音乐需要的是谦虚和真诚。否则，还叫什么音乐呢？上帝赐给我们美丽的歌曲是要我们说真话的”。他要外甥不要去编什么新的歌，不要去做大人物。他说：“何用你唱歌呢……难道它们（指大自然）不比你所能作的一切唱得更好吗？”约翰把自己作的曲子唱给舅舅听，舅舅说：“这多难听！”并指出约翰是“为写作而写作的，你为要做一个大人物，为要叫人佩服才写的”，这样的东西是不能打动人的。他还说：“你在屋内所写的一切全不是音乐，屋内的音乐等于屋内的太阳。音乐是外面的。”舅舅和祖父、父亲的艺术观根本不同：舅舅是为生活而艺术，祖父、父亲是为功利而艺术。舅舅的音乐谈话来自他的生命体验和广阔的民间，这对约翰的音乐理解和音乐创作有极大的影响。

我后来也常常以这两种艺术观来检视当下的文坛，发现虽然岁月流逝，时代在变，但某些现象并没有变，太阳底下真的没有新鲜的东西。约翰·克利斯朵夫年轻时很向往法国，认为法国是个艺术的国家，但等他到法国后才发现，这里的艺术繁荣是虚假的，艺术界犹如街头的市集，那些标榜“为艺术而艺术”的，其实都是为金钱而艺术。老黑格尔在十九世纪上半叶就曾预言，艺术会消亡，艺术需要感性——饱满的艺术形象和丰盈的情感，而近代市民社会“反思”能力占据统治地位，理性压倒感性，思想代替形象，艺术随之终结。如今社会的文艺，除了黑格尔老人所说的这种情形之外，还有一种情形，那就是无孔不入、无所不及的“娱乐化”风潮。《娱乐至死》，这是美国媒体文化研究者和批评家尼尔·波兹曼的一部书名，也是对当今时代差不多一切文化现象包括文艺现象的准确描述。波兹曼在《娱乐至死》里指出，这是一个娱乐业时代，一切公众话语日渐以娱乐的方式出现，并成为一种文化精神。我们的政治、宗教、新闻、体育、商业乃至教育都心甘情愿地成为娱乐的附庸，其结果是我们成了一个娱乐至死的物种。“人们由于享乐失去了自由！”尼尔·波兹曼警告说。在我看来，娱乐化在文学艺术领域的表现尤为显著。娱乐代替了创作，甚至也代替了思考。娱乐是互动式的，“互动”是当今时代的一个时髦理念，所谓“互动”，总是一方为主动，一方为被动，主动的一方以娱乐的方式向被动的一方献媚——媚俗，被动的一方在娱乐中高兴地接受娱乐，娱乐至死。每当看到文学的娱乐化现象，我就常常想起高脱弗烈特——那个流浪的小商贩对小约翰所说的话：唱歌是心的声音，“一个人需要唱、应当唱的时候才唱，不应为了娱乐而唱”。觉得那真是一个空谷足音，让人警醒。“唱歌是心的声音”，这个说法与《毛诗序》中一段话的意思相近，那是一段著名的话：“诗者，志之所之也，在心为志，发言为诗。情动于中而形于言，言之不足故嗟叹之，嗟叹之不足故咏歌之，咏歌之不足，不知手之舞之，足之蹈之也。”嗟乎！今之文艺，有几多与“心”相关呢？

《约翰·克利斯朵夫》写了约翰的几次爱情，当时也让我着迷，而且，有的爱情结局也让人深思。有一位贵妇人聘请约翰为自己十五岁的女儿弥娜上钢琴课，不久，约翰爱上了这位小姑娘，并以“将来要做一个大艺术家”向她许愿。但弥娜的母亲不同意这门亲事，她直白地告诉约翰，以他的出身、门第和财产都没有资格娶她的女儿。弥娜听从了母亲的意旨，对约翰开始疏远起来。这使约翰既痛苦又愤怒。类似“将来要做一个大艺术家”的许愿，也许是许多人年轻时爱开的一个空头支票，自以为豪情万丈，其实一文不值。约翰后来又爱上了一个开小杂货铺的年轻寡妇萨皮纳。萨皮纳是个慵懒的、苍白的、病弱的女人。她对自己的小店铺懒得经营，常常把顾客打发走了，约翰却认为她是个自由的人，不受任何约束。萨皮纳也爱约翰。他们一同到乡下萨皮纳的哥哥家过了一晚，那一晚，萨皮纳在屋子里边，约翰在外边，门并没有关，只是虚掩着，萨皮纳等着约翰推门进来，约翰等着萨皮纳开门让他进去，两人就这样等待着，也犹豫着，极为准确也极为生动地写出了人最初陷入爱河时那种微妙的感情和简单而又复杂的心态。后来萨皮纳患流感死了。约翰感到这个世界构造得很不好：“爱人的不被爱，被爱的不爱人，爱和被爱的又迟早有分离的一天。”这种感慨，想来不仅是约翰一人的感慨。

约翰晚年，仍继续从事创作，但作品的性质已有很大的不同。如果说约翰早年的作品是雷雨，晚年的作品便变得恬静了，它像“夏日的白云，积雪的山峰”。这就是成长。

傅雷的译文是那样的生动传神，如诗如画，炉火纯青，很容易地就把人带入约翰·克利斯朵夫的生活世界和精神世界中去。读这部书是三十一年前，三十一年过去了，我似乎还能找回当年阅读时的某些心绪，并且激动不已。

在 1979 年那个寒冷的冬天，二十一岁的我，虽然一时还找不到人生的出路何在，但我已经知道，我的心应该面向何方。

理想有多远，你就能走多远

我的家乡长安区东江坡村旁边的半塬上有一个寺院，名兴教寺，原为唐朝皇家所建，山门横额写的是“护国兴教寺”，后来成为佛教法相唯识宗的祖庭。寺院里有三座塔，最高的一座是五层，上书“唐三藏塔”，是玄奘法师灵骨、衣钵的埋葬地。现在，埋葬着玄奘、窥基、圆测三位法师的三塔连同这座寺院，已被列入丝绸之路联合申遗名单。我小时候常去寺院里玩，知道三藏塔下埋着玄奘法师的灵骨和衣钵，但从来没有认真思考过长眠于此的这位圣僧的意义。去年以来，由于兴教寺的“申遗”，玄奘法师在一千三百多年前那次西天取经的远行，常常引得我驻足，我一边眺望少陵原畔那座已经在风雨中挺立了一千多年的唐塔，一边眺望历史烟云中闪闪烁烁的古丝绸之路，试图寻找玄奘法师那渐行渐远的背影中的意义。

玄奘为什么要到西天取经？史书记载，玄奘十三岁于东都洛阳净土寺出家，后随其兄长赴长安，其时长安僧寺因战乱和饥荒一片萧条，他们又打算入蜀游学。进入汉川（今汉中市），遇空、景二法师，他们结伴而行，玄奘于途中从二位法师问学。

到了成都，这里高僧大德云集，讲筵大盛，玄奘又从多位名师学习，几年之内，究通诸部。登座讲论，不窥经卷而旁征博引、诵注无穷，时人目为神人。年满二十岁时，玄奘于成都受具足戒。后玄奘游历各地，遍参名师，且学且讲，足迹所至，已达半个中国。然而，通过多年来在各处讲筵所闻，他深感异说纷纭，无从获解，于是萌生了西行求法的决心。也就是说，关于佛法，玄奘虽然已经所学甚深，但他仍然有很深的迷惑和困惑。这种迷惑与困惑，是关于佛法的，也是关于人生和世界的。他之取经西天，乃是源自内心深刻的迷惑和困惑。在玄奘之前，已经先后有安世高、鸠摩罗什、真谛等非中国人带来并翻译的大量的佛经，但这些都不能解开玄奘更深层次的关于佛法的迷惑和困惑。他要寻求佛法的真谛。他要亲自去佛法的故乡，在佛思考过的菩提树下，寻求解答迷惑的钥匙和去除困惑的途径。

于是，年轻的玄奘准备西行求法。然而他的请求未获批准，但他决心已定。理想有多远，你就能走多远。理想在天边，你就能走到天边。理想在脚下，你就只能在原地踏步。在玄奘看来，在这个世界上，还有什么比追求真理更为重要的呢？没有。于是，他“冒越宪章，私往天竺”。遥想玄奘的西行之路，他所走的路线，有相当长一段，就是沿着丝绸之路而行。丝绸之路，本来是中土与西域包括中亚、西亚甚至远至非洲、欧洲的一条商业贸易之路。在这条路上，滚滚红尘中不绝于途的，不是硬汉巨贾，就是美人妖姬，他们或者驮茶带盐，载丝装绸，或者携金带银，身藏珠宝。后来，这条丝绸之路也成了政治之路、军事之路，当然也成了一条蜿蜒绵长的文化交流之路。现在，在金戈铁马绝尘而去的背影中，走来了一位圣僧。匹马西天，万里孤征。马肯定是一匹瘦马，长途跋涉，马不瘦都不行。人肯定也瘦，但他的内心却是饱满的，丰盈的。在驼载车运的滚滚红尘之上，夕阳下瘦马上的这位圣僧，正在完成他旷古未闻的精神之旅和思想之行。

史载，唐贞观元年，玄奘从长安出发西行，经兰州到凉州（今甘肃武威市），继昼伏夜行，至瓜州（今甘肃瓜州县），再经玉门关，越过五烽，渡流沙，备尝艰苦，抵达伊吾（今新疆哈密）。贞观二年，玄奘到达高昌王城，受到高昌王麴文泰的礼遇。高昌王实在想留下玄奘，软硬兼施，但是玄奘的心思哪里就在这个王国，他绝食三天，宁死也要捍卫自己追寻理想的自由。

在我的家乡，有一个说法，说是由于有了兴教寺的唐三藏塔，此地即周围的村子里出不了大官。兴教寺建在少陵原畔，与终南山隔着樊川与潏河相望，这里既是一个地理上的高地，无疑，也是一个精神上的高地，而且是一个俯瞰古今的高地。高官也罢，富豪也罢，在三藏塔前，在玄奘的灵骨面前，也许只有匍匐礼敬才是。

贞观十九年，玄奘在西行五万里，历时十七年之后，返归长安。他游历印度十余载，以其出色的才华饮誉异邦，返归中国之后，万民崇仰，皇恩浩荡，但他不慕时荣，只与青灯黄卷为伴，孜孜于译经传道之业，穷其一生，译经 70 余部 1300 余卷，无论在数量还是质量上均无出其右者。薪火相传，与其弟子共创慈恩一宗，泽被后世，启示后人不断思考人生和世界的真谛。

我驻足眺望那座在风雨中挺立了一千多年的唐塔，眺望历史烟云中闪闪烁烁的古丝绸之路，寻找玄奘法师那渐行渐远的背影，我得出的一个思悟是：理想有多远，你就能走多远。

鲁迅说：“我们从古以来，就有埋头苦干的人，有拼命硬干的人，有为民请命的人，有舍身求法的人……这就是中国的脊梁。”玄奘属于“舍身求法的人”，他当然也应该是“中国的脊梁”。 如今，这样的“脊梁”倒下了，长眠在高塔厚土之下。但我每次眺望兴教寺唐三藏塔时，却分明地感受到了那里的空气有些异样，那里的空气中，总是弥散着一种精神和思想的气息，让人若有所思。

一棵开花的树

前几天，中央电视台《大家》栏目一行人来到西安，为陈忠实拍纪录片，工作告一段落后，我陪他们去辋川寻找王维当年的遗迹。 车行在广阔的塬上，秋末冬初阳光的调子是含混的，却营造出了一种忆旧的氛围。 很偶然地，我们聊起了诗歌。 我说到了席慕蓉的诗，《一棵开花的树》。 导演周文福“噢”地接应说，当年他也喜欢席慕蓉，特别是《一棵开花的树》，至今还能背过，接着就给我们背了起来。 然后，你一言，我一语，就谈起了诗和诗人，也吟诵起了曾经喜欢至今依然难忘的诗句。

那一刻，我忽然觉得，自己久已麻木的心忽然间清亮了起来，在匆忙的日子里疲于奔命，极感疲惫的身体似乎也一下子轻快了许多。

真有一种醍醐灌顶的感觉。

那一刻，我忽然意识到，诗之所以为诗，就应该有这种醍醐灌顶的作用。

我相信，在西安，最早发现席慕蓉的，如果我不是第一位，至少也应该在前三位。 20 世纪 80 年代中期，我一边在中学教书，一边在西安市文联的《长安》杂志做临时编辑。我 1976 年中学毕业后在新华书店做过三年临时工，对新华书店系统非常熟悉，我知道，西安市案板街里头有一个新华书店内部发行组。内部发行的书，有的在书的封底标有“内部发行”字样，有的没有标，但都不在新华书店营业场所的柜台上公开卖，一般要一定级别或一定身份的人持单位介绍信或证件到这个内部发行组才能买到。我因为和内部发行组的人比较熟悉，所以经常去那里看书买书。可能是 1984 年，春末夏初的时候，我又去案板街的内部发行组看书，在书架上偶然看到一本薄薄的小册子，拿出来一看，是一本诗集，名叫《七里香》，作者席慕蓉。我当时觉得奇怪，内部发行的书，据我的印象，要么与政治有关，要么是哲学、历史类，文学类的主要是文艺理论或评论，偶有一些纪实文学或小说，诗歌是很少见的。老实说，我那个时候对诗歌并不太喜欢，但是这本《七里香》一翻开，我就被吸引住了，准确地说，是被迷住了。我立刻买了一本，一边走一边看。那个时代街上的汽车还少，你只管低头走路看书，基本上不用担心汽车。我就这么一边走着一边看着，从案板街出来，到了钟楼，又折向了教场门，到了《长安》编辑部。

从 1980 年到 1984 年初这一段时间，我的兴趣主要在文艺理论和各种西方的思想和学说上，对当时文学的关注，也基本上限于小说一类，对当时的诗坛关注不够。尽管也知道朦胧诗并读过当时一些朦胧诗的代表作，也还喜欢，但细想起来，终究还属于冷静地欣赏，没有被诗点燃，更没有沉迷其中。同时，作为新诗潮第一次浪潮的朦胧诗，由于经过“文革”时期长时间的准备，于 20 世纪 70 年代末 80 年代初从民间走上诗坛，达到了它的鼎盛期，1982 年之后，就逐渐走向衰落。 1984 年的诗坛，据我这个不太关心诗坛的人的印象，好像是诗歌实验新潮兴起，诗歌已经走向了“后朦胧”时代。 如果说，朦胧诗还能读得懂，到了纷繁复杂的“后朦胧”时代，有相当一些诗，我已经看不懂了。 比如当时和我一样在《长安》杂志做临时编辑的诗人岛子，他当年据说在全国的先锋诗人中排名很靠前，他以《易经》中六十四卦象入诗而写成的诗，让我看，我确实看不懂。 尽管我在读岛子的“易象诗”之前曾对《易经》下过半年的功夫研读，大概知道《易经》是怎么回事，但我就是读不懂岛子的“易象诗”。 因是之故，我那个时候，对诗坛的态度是敬而远之的。

可是，这本《七里香》却把我迷住了。 至今回想起来，我依然清晰地记得，当时的感觉是深受感动，或者竟是荡气回肠。我当时的感觉是，席慕蓉诗中所表达的，就是我心中所要表达的，她诗中的感情、意绪乃至节奏，与我当时的感情、意绪乃至节奏完全一致。 共鸣，她的诗引起了我的极大共鸣。

我这边厢被席慕蓉深深打动，但我不知道那边厢里的两位诗人编辑如何看待席慕蓉的诗。 我把《七里香》中最打动我的一首诗《一棵开花的树》抄了下来，拿给两位诗人编辑看。

如何让你遇见我
在我最美丽的时刻
为这
我已在佛前
求了五百年

求他让我们结一段尘缘
佛于是把我化作一棵树
长在你必经的路旁
阳光下慎重地开满了花
朵朵都是我前世的盼望

当你走近
请你细听
那颤抖的叶是我等待的热情
而当你终于无视地走过
在你身后落了一地的
朋友啊
那不是花瓣
是我凋零的心

两位诗人编辑，一位是岛子，他粗粗扫了一眼，说什么话我忘记了，但肯定是未入其法眼；另一位是王大平，王老师倒是认真地看了，看法是：“可以发表。”

多年以前，在西安，我见到了从台湾来的一位作家，她说她是席慕蓉的朋友，我问她对席诗的看法，她似乎有些王顾左右而言他，我就明白了她对席诗的评价。 多年以来，我几次说过我喜欢席慕蓉的诗，而为大陆秦地的一些诗人和诗评家诧异和侧目。

我知道，我喜欢席慕蓉的诗，是因为自己内心的情感体验找到了共鸣，而且是那么一致的共鸣。 不仅仅是《 一棵开花的树》这一首诗。

我本来也姓席，父姓。现在的姓，是随母姓。曾经有时候，我毫无道理地想，我可能与席慕蓉是一家人。我知道，席慕蓉是蒙古族人，本名是穆伦·席连勃，意即大江河，“慕蓉”是“穆伦”的谐译。但是我天生地喜欢蒙古族人，喜欢草原，我想，我的祖先在遥远的过去，也许就是蒙古草原上的人吧。

我是喜欢席慕蓉的。1984 年，我二十六岁。在那之后的很多年里，年轻的时候吧，碰巧遇到和席慕蓉诗中所描述的情境相似的时候，我就会读她的诗或想起她的诗，也曾与人一起读她的诗。因为喜欢，后来又买了席慕蓉的几本诗集和散文集。今年（2010 年）10 月，我到北京，在三联图书中心看到了三联版的席慕蓉诗集，一共六本，都是小册子，白色封面，素净大方，看着很喜欢，就全买了回来。六本书都用塑膜封着，我买回后没有打开，而是原模原样放在了乡下的书房里。我买过很多书，上万种了吧，买回来都要打开的，总要翻一翻的，唯独这六本书没有打开。

《七里香》是席慕蓉出版的第一本诗集，它于 1981 年由台湾大地出版社出版，一年之内就再版了七次。关于为何写诗，席慕蓉曾说：“年轻时因寂寞而写诗，或许是一种对美的渴望；年纪稍长，因无法平抚心中的骚动而写诗；初老时，因惆怅而写诗，人也因此变勇敢了。”人心是相通的，也许，她这里所说的她写诗的心情，与我读诗的心情相似，年轻如何，年纪稍长又如何，唯初老如何于我体会不深。如今我已“初老”矣，整天忙，似乎忘记了惆怅。怕读了诗再起惆怅，于是不再读诗。这也可能就是我把那六本诗集封存起来的缘故吧。

绝对的爱：奇亮若星　凛冽如冰

日本作家渡边淳一的《失乐园》和《男人这个东西》(以下简称《男人》)，一个是小说，一个是以随笔方式写的社会学著作，文本形式不同，但却有一个共同的主旨，这就是表现和探讨男女两性间的关系，特别是男人的情感世界和心理世界，分析现代社会男人在情爱问题上的特点。在表现情爱问题上，作为文学形式的《失乐园》更深入、更细腻，而作为社会学著作的《男人》所指的社会层面和男人的心理层面则更广泛、更复杂。两个文本互相参看，《失乐园》可以看作是关于男人性爱问题的焦点透视，而《男人》则是男人在关涉性与性爱的多方面问题上的展开和讨论。

人类社会是一个不断文明化的过程，在文明化的过程中，人类给自己设置了种种理性的和道德的约束。这种种理性和道德，一方面使人类脱离野蛮而更加趋于文明，另一方面在某种程度上也成了异化人的力量。这也就是渡边淳一所说的，他有一种危机感，感到人类已经迷失了自己的原点，人们忘记了在文明社会的反向极上，人类还是动物，与地球上的其他生物并没有什么不同。《失乐园》的出发点就是力图在包含性爱的绝对爱中表现生命主题，让生命返回其原点，重新唤起生物本应特有的雄与雌的生命光辉。渡边淳一对现代文艺中所流行的表现“轻松的爱”不满意，他寻求表现一种“深沉的爱”。在《男人》中，渡边淳一说，从近代以来的小说看，近现代日本社会中男女之间的爱已表现出浓烈的禁欲主义色彩，恋爱的精神性已被推到了最前沿，以往文学中所谓的“好色”的历史被彻底地中断了。这里既反映了渡边淳一的一种文学观念，也反映了他的一种爱情观念，这就是，爱离不开性，或者说，情爱是与性爱紧密结合在一起的。“真正情投意合的伴侣会随着精神爱的加深，而不断深化肉体爱；或者随着肉体爱的加深不断提炼精神爱。”在《失乐园》中，凛子通过久木初尝了性的愉悦，并随着性爱的深入加深了对久木的爱恋；久木也更加热爱通过自己而得到了愉悦的凛子，并被其强烈地吸引着。《男人》中有这样一段话：“通过女性获得性高潮，男人所能得到的快感，不仅仅局限于肉体上，更多的乃源于精神领域。只有在引导女性到达性高潮后，男人才第一次真正地感到‘自己终于成为一个真正的男人了’，并且引以为自豪。对于给予他这种快乐与自信的女子，男人自然爱之愈深。”这简直就是对久木这个人物的一个分析和注解。

渡边淳一在《男人》中分析说，男人对女人的爱，最初的目标和终极的目标都指向性，这是一种包含性的爱。也许正是有了性，爱才有了深度。《失乐园》中久木和同事村松说过这样一句话：“现在还谈柏拉图式的恋爱，太奇怪了吧！”渡边淳一还分析了精神性因素对性的影响。他认为，现代年轻人在性欲最旺盛时期都被束缚于教室里，只用脑力而不用体力，性欲不能以其他方式得以释放，这是违背人类生理本性的。养成性压抑习惯的男性往往性冷淡。他甚至得出结论说：“越是能考上名牌大学、学历越高的男性，其性欲就越低。”《失乐园》中，凛子的丈夫是一个医学院的教授，身份、地位、收入以至年龄和相貌，都优于久木，但在性这个问题上却表现不佳，他与凛子的关系就愈来愈冷淡，终至夫妻之间鱼水失和。基于人类也是自然界的一种生物、要让生命回复原点这种认识，渡边淳一在写人物时，既是当一个人写，也是当一个雄性或雌性的动物来写。他写久木，久木遇到凛子时已年过五十，“在男人而言，这个年纪或许是人生的最后舞台。之后，就算收入增加，地位提高，也不是那么快乐的事。作为一个男人，甚至作为一只雄性动物，要追求恋爱、玩味活在爱情中的实感，此时当是仅余的最后机会。”久木的朋友衣川也深有感慨地说：“男人辛勤工作，到头来无非是为了找个好女人据为己有，这是自然界共通的。雄性拼命寻饵，打倒对手，最后想得到的无非是雌性的身体和爱情，就只为了这层欲望而重复死斗。”久木紧紧抓住他生命的最后机会，看轻甚至丢弃了一切身外之物，毁家弃业，全身心地投入与凛子的爱情之中。凛子在性方面原不是像后来这样淫荡多欲，以前她对性几乎毫不关心，是久木征服了她，改变了她，也再造了她，使她青春焕发，生气勃勃，变得更加美丽动人。凛子后来常对久木说：“你很坏，把本来什么都不懂的我弄成现在这样子。”“都是你，害得我再也回不去了。”“现在我只能和你做了，除了你，没有人能满足我这个身体了。”而久木，也得意于自己对凛子性爱机能的发掘，并沉浸在一种创造的欢乐之中。《失乐园》集中写的就是久木和凛子两人之间的爱，特别是性爱，一线贯穿始终，写性爱给凛子带来的身体上的、心理上的和精神上的变化。 在性爱中，凛子得到至乐，感觉达到了幸福的巅峰。 而久木在性爱的幸福体验中，对生命也有了全新的感受和认识。 观念变了，过去觉得重要的东西现在觉得不再那么重要了，而过去从来不觉得多么珍贵的事物突然珍贵起来。 正是在寻求性爱的快乐中，俩人逼近了生命的原点，焕发出生命的光辉。 追求性爱的快乐，必然要寻求一些意想不到的刺激，为性爱增添新意，这就有了一些悖德的行为。 比如在凛子父丧期间，久木还与凛子跑到饭店里寻欢作乐。“在守灵之夜与有夫之妇约会。 这种不道德的事让久木有罪恶意识，但另一方面，也有些陶醉在这种悖德的行为中。”在这里，渡边淳一也写到了性爱如临深渊般的可怕性。

男人对女人的爱，有多种形式。 有只是欣赏而采取柏拉图式精神恋爱的，有贪图艳色而寻求肉欲之快感的，也有希求灵与肉结合但却浅尝辄止的。《失乐园》所写的久木与凛子的爱，用渡边淳一的说法，则是一种“绝对的爱”。 什么是“绝对的爱”呢？ 渡边淳一在《男人》中有一个解释：“被爱的双方彼此眼中只有对方，全身心地只爱恋一个人，不允许有丝毫的放荡行为，绝不惹花拈草。”这其实是一种想完全独占对方的爱。 应该说，这是一种很有深度的爱。 实现这种爱，一方面需要那种至情至性的人即痴情之人，另一方面似也需要非常的境遇。 久木与凛子性情中都有痴的成分，俩人各自又都拥有自己的家庭，他们的爱为家庭和社会所不容，境遇非常。 这种非常的境遇愈发增强了他们的独占欲。 久木与凛子随着相互间爱恋之情的加深，双方爱得死去活来，他们想独占对方而不能，常被嫉妒心所苦。久木不能忍受凛子的丈夫存在，而凛子也不能容忍久木再回到妻子身边。绝对的爱除了要独占对方之外，还要爱情永远保持不变。一个是空间上的排他性，一个是时间上的永恒性。爱到这一步，似乎就接近了极致。然而，爱到至极至高的境界，也就有了“高处不胜寒”的凛冽。爱的感人之处和骇人之处同时存于这里。为了这绝对的爱，久木和凛子不仅都付出了沉重的代价，而且他们已达爱的顶点，曾经沧海难为水，绝对的尽头是没有回路的。在凛子，已经三十八岁，性爱焕发出她作为女人的美艳，正当盛年，女人的爱是执着的，她既不想回落，也不敢想象她年老色衰之后的境况，她想永恒地停驻在这爱的最高潮处，只有一死。在久木，来时路值得留恋的已不多，而继续活下去只会是生命的下滑状态，因此他也选择了死亡。这个绝对的爱居然是没有回路也没有去路的。“此刻，我正在欢喜的顶点迎接死亡。”这是他们都熟知的另外一个殉情而死的叫武郎的人遗书中的一句话。他们也在绝对的爱到达幸福的峰巅时从容而死。死时还选择了紧紧抱在一起的姿态，并留下唯一的遗愿：死后葬在一起。

婚外恋的归宿是一个问题。婚外恋往往是对自身婚姻的庸常性和缺乏激情不满；不甘平庸，渴望浪漫，而逸出了正常的生活轨道。这种激情性的恋情往往不见容于周围环境和社会，其结果，要么是浅尝而止，要么突破既定的婚姻而另结连理。像久木和凛子这样，并非走投无路，他们只是想将生命结束于幸福之巅，让生命大放异彩，应该说是一种反实用性的艺术化的归宿。艺术化的归宿大概有两个模式。一个是《廊桥遗梦》式的：唤起，燃烧，复归现实，回忆，升华。这是一种既有燃烧的激情又有冷静的理性的模式，激情在短暂的燃烧之后归于寂灭或深藏心底，分手，然后在慢慢的回忆中咀嚼往事，往事在拉开距离之后，在回忆中升华为艺术。另一个模式恐怕就是《失乐园》这种了：燃烧，而后在燃烧中毁灭。一个是燃烧之后逃离，不破坏现存的秩序，一个是燃烧净尽，爆发一个惊世骇俗的奇亮。后者的艺术性，也许带有更多东洋民族的颓废之美。

我的散文是我心灵的颤抖

我的散文是我心灵的颤抖。在这个时代，在这个世界。

这是一个急剧变化让人目不暇接同时也让人困惑的时代，这是一个激烈动荡令人倍感沉重同时也令人不安的世界。我的人生之路，已远而立，迈不惑，知天命，生逢这个时代，身处这个世界，我有太多的体验和感受，欣喜，悲伤，惊奇，无奈，焦虑，释然，了悟，困惑……我清楚地知道，这些都是我心灵的颤抖。我心灵的颤抖，有些我记了下来，在我有时间也有心境的时候；而更多的颤抖，则置若罔闻，付诸苍茫。记下来的，就是我写的所谓散文。

对于散文，我特别重视体验，自己的体验，生命的体验。没有自己生命体验的写作，在我看来，那只是为写作而写作，缺乏生命的动人力量。而唯有体验，源于自己生命的体验，才有可能具有文学的特质和品性，真实，独特，细微，还有深刻。我写自己生命体验的时候，我感到了自己心灵的颤抖，形象的，音律的，甚至色彩的。我自己认可的所谓散文，都融进了我浓郁而深长的情绪。事象，人物，包括思悟，都融在情绪的水里。情绪之水流淌着，初无定质，行于所当行，止于所不可不止。情也绪也，心灵颤抖之迹也。

帕斯卡尔说，人是会思想的芦苇。人是一根苇草，是自然界最脆弱的生命之一，风来了，它会颤抖，雨来了，它也会颤抖，但他是一根能思想的苇草。因此，我还特别重视散文的思和悟。思是不断的追究，悟是忽然间的心领神会。有些问题，需要长时间的追究；有些困惑，却在瞬间解开了。煮雪问茶味，当风看雁行。泣露千般草，吟风一样松。行到水穷处，坐看云起时。高高山上立，深深海底行。

我崇尚自然状态的写作。所谓自然，就是写时自然想写，不写不行，而绝对不是为写而写，为那些自己缺乏甚至没有体验和思悟的“宏大主题”而写，为时尚叫好而写，为评奖原则而写，为市场欢迎而写，为了不写就不是个作家而写。古有寒山子，姓名生平皆不详，隐于深山，所作诗，皆书于“树间石上”，乃其生存状态的自然流露，生命体验和人生思悟的本真抒发，清水出芙蓉，天然去雕饰，后为好事者搜而集之，何等本真，何其天然，羞煞那些为文而造情者。高山仰止，景行行止；虽不能至，心向往之。

有一个问题，曾令我长久地思考：以文字的形式，“我”和“你”和“他”怎样沟通，“我”和“我们”如何才能联系起来，从“个人”怎样才能走向“民族”乃至“人类”？后来，我觉悟到，没有人能代表一个民族，更不能代表全人类，古往今来，每个人包括文学人所写的都是这个人的“私情”，是“我”“个人”的表现；但是，如果一个人能不断开阔自己的胸襟，拓展自己的视野，丰富自己的心灵，提高自己的境界，他也有可能与民族、与人类在某一点或某一方面沟通。 文学，包括散文，终极的目标就是要从“此岸”走向“彼岸”。

年轻时我期望别人的叫好，如今，我为自己感叹。 也许我不合时宜，但我也不想混同流俗。 也许我毫无价值，但我只想表现我自己的性情。 也许我终被淘汰，但我不想委屈自己枉活一世。

后　记

这是我的一本散文选集。集子中的文章，写于我三十岁以后至六十岁以前，也就是 20 世纪 80 年代末至 21 世纪前十年，前后不到三十年。对我个人来说，时间跨度是相当长的，从青年到中年以至步入老年。

选编过程中，读年轻和中年时的文章，那些事，那些人，那些感情，那些思绪，一方面带我重回过去的岁月，一方面让我深刻地认识到，流水落花春去也，换了人间。那些事，那些人，那些感情，那些思绪，也许只能是那时才能有的。

三十年，是一段长长的时间之流，而今看来，仿佛只是一瞬。

凭借这些文字，我重新踏入旧年岁月，感觉如新，体验如昨，依然心潮澎湃，思绪渺渺。

《独向陌生》是我三十多岁时写的。重新翻检过去的文字，感觉穿行其间不变的也不绝如缕的，依然是“独向陌生”。因以为名。

是为后记。